I0680931

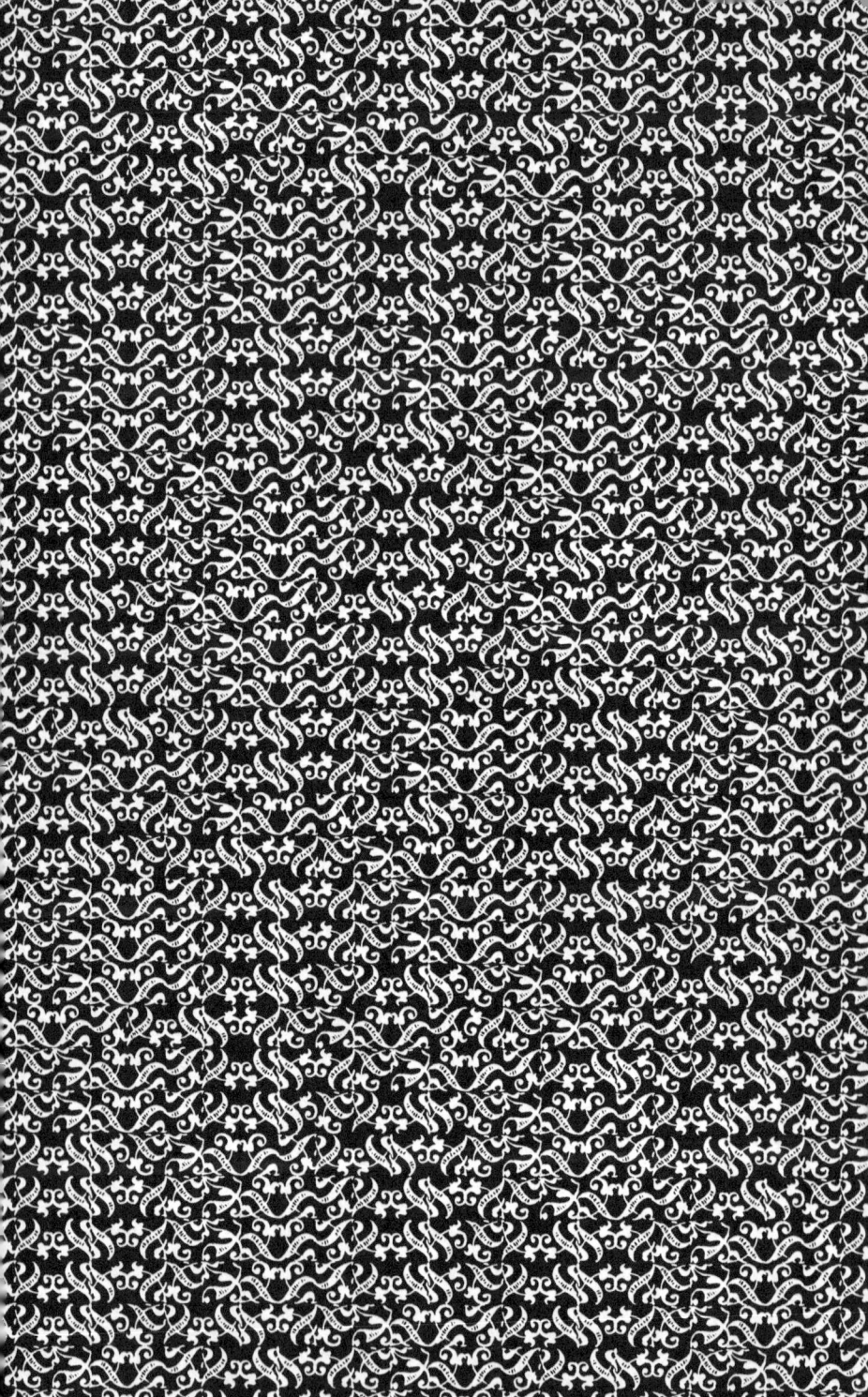

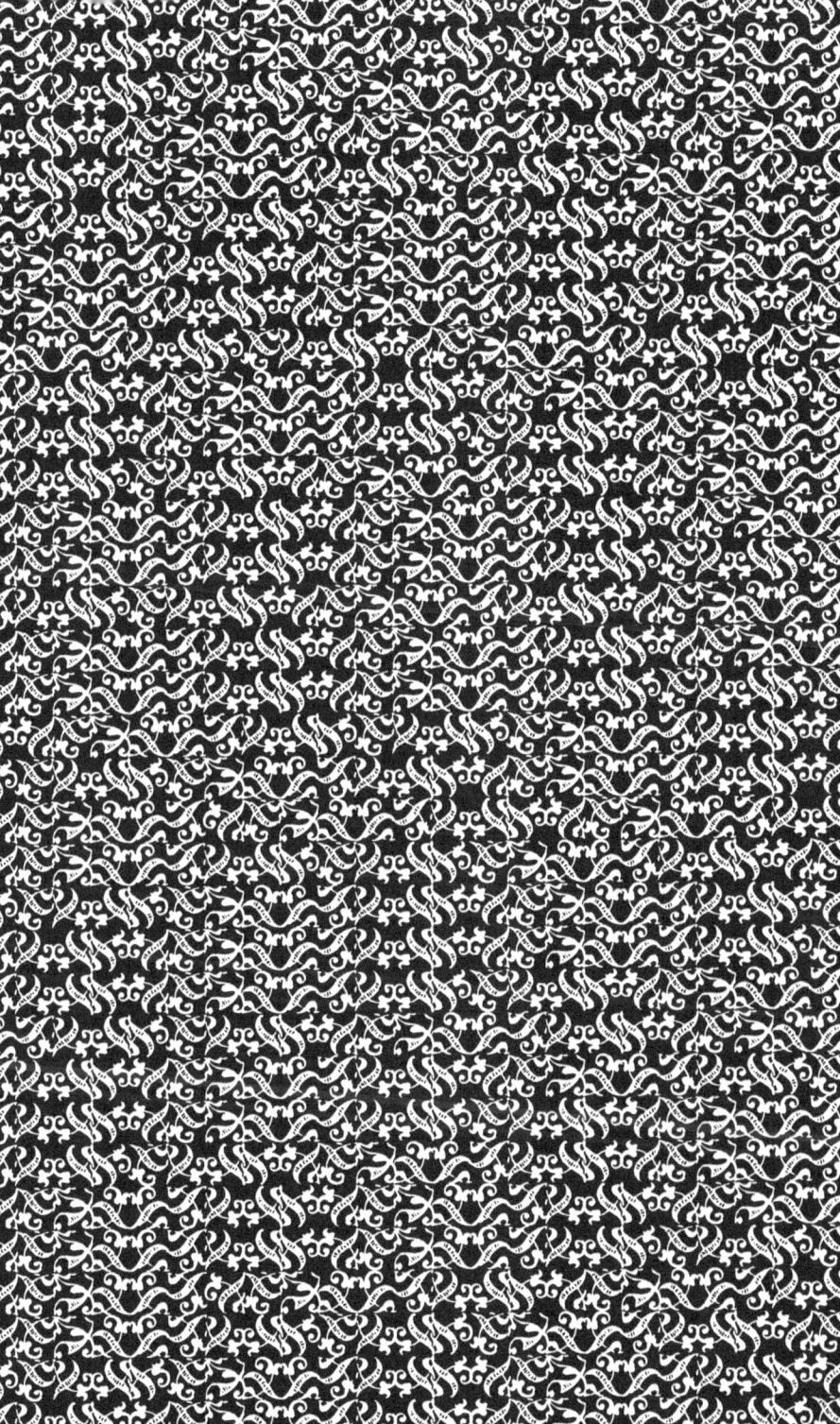

»Ich bin Willehalm, der Markgraf der Provence. Ich habe hochgeborene Verwandte verloren und teure Vasallen, außerdem habe ich meine Frau in großer Gefahr zurücklassen müssen. Mein Herz ist dort bei ihr. Hier ist, von aller Freude getrennt, nur mein Leib.« (Buch III)

Gudrun Opladen, Jahrgang 1965, studierte Germanistik und Politikwissenschaften in Marburg und Berlin. Heute lebt und arbeitet sie als freie Journalistin und Autorin mit ihrer Familie in der Nähe von Augsburg. Mit der Neuerzählung des »Willehalm« möchte sie das große Werk des berühmten *Parzival*-Dichters Wolfram von Eschenbach einem breiten Publikum zugänglich machen.

Gudrun Opladen

WILLEHALM
UND ARABEL

nach Wolfram von Eschenbach

rethink
verlag

Selbst ein im Donner zu

Stein erstarrtes Herz

müsste diese Geschichte erweichen.

(Wolfram von Eschenbach)

ein herze, daz von vlinse

im donre gewahsen waere,

daz müete disiu maere.

INHALT

Arabel-Giburg, eine Frau

mit zwei Namen, die Liebe und dein Leben

verflechten sich nun mit Leid.

Du hast Unheil heraufbeschworen:

Deine Liebe erschlägt die Christen;

und auch Christi Lehre hindert diese nicht,

Deine Blutsverwandten totzuschlagen.

BUCH I

Arabele-Gîburc, ein wîp

zwir genant, minne und dîn lîp

sich nû mit jâmer vlihtet.

dû hâst zem schaden gepflihtet:

dîn minne den touf versnîdet;

des toufes wer ouch niht mîdet,

sine snîde die, von den dû bist erborn.

DIE ANKUNFT TERRAMERS

Still und friedlich liegt die Küste der Provence, als plötzlich ein Segel nach dem anderen am Horizont auftaucht – es scheint, als wollten die weißen Tupfer auf der See kein Ende nehmen. Es ist der mächtige Sarazenenkönig Terramer, der sich mit einer riesigen Flotte bedrohlich dem französischen Festland nähert. Wer jemals glaubte, ein größeres Heer gesehen zu haben, sieht sich an diesem Tage getäuscht.

Terramers Zorn ist groß. Er will endlich Rache für seinen Schwiegersohn Tibalt, den König von Arabien. Und er will seine Tochter Arabel zurück. Sieben lange Jahre sind vergangen, seit Arabel ihren Mann Tibalt und die gemeinsamen Kinder für den christlichen Ritter Willehalm verließ.

Dabei hatte der stolze Sarazene Tibalt den verhassten Franzosen sogar selbst zu seiner Frau geführt: bei einem Gefecht in der Provence besiegt, war Willehalm nach Arabien verschleppt, dort von Tibalt eingekerkert und in eiserne Ketten gelegt worden.

Tibalt erzählte Arabel zu Hause von dem berühmten Ritter und sie wurde neugierig. Wer, fragte sie sich, war dieser mutige Mann, den man wegen einer Kriegsverletzung ›Wilhelm mit der kurzen Nase‹ nannte?

Die schöne Königin suchte Willehalm im Gefängnis auf und hörte seine Geschichte: wie sein Vater, der einflussreiche Graf Heimrich von Narbonne, ihn und seine Brüder zugunsten eines Patenkindes enterbt hatte; wie er sich danach am Hof Kaiser Karls bewährte und die Provence als Lehen zugesprochen bekam; und wie er sein Lehen unter Karls Sohn Louis schließlich gegen die ständigen Einfälle der Sarazenen in die Spanische Mark verteidigen musste, denn Tibalt hörte nicht auf, Ansprüche auf sein Land zu erheben.

Arabel kam immer öfter zu dem eingekerkerten Fremden, der ihr leidtat, und den sie gleichzeitig bewunderte. Nicht nur er und seine Tapferkeit, auch sein christlicher Glaube zogen sie magisch an. Willehalm und Arabel verliebten sich leidenschaftlich ineinander, und die reiche Sarazenin beschloss, mit ihrem alten Leben zu brechen. Sie befreite ihren Geliebten und floh mit ihm nachts über das Meer an die rettende Küste der Provence. Bald darauf ließ sich Arabel auf den neuen Namen »Giburg« taufen und schloss mit Willehalm den Bund fürs Leben. Auch sein von Tibalt besetztes Land konnte der unerschrockene Ritter wieder zurückerobern und gründete in der Stadt Orange seine Grafschaft.

Doch während der eine im Glück schwelgte, litt der andere. Der betrogene Sarazenenkönig Tibalt verfluchte Arabels Verrat und betrauerte seine verlorene Liebe. Und er schwor dem Markgrafen Vergeltung, denn auch den Verlust seiner Burgen und Länder in der Provence wollte und konnte er nicht einfach hinnehmen.

Die Untreue seiner Tochter nagte auch an Terramer wie ein tiefes, hässliches Geschwür. Hundertfach klagte er seinem liebsten Gott Mohammed und den anderen Göttern sein Leid und ließ ihnen Opfer über Opfer darbringen. Doch Arabel kam nicht zurück und ihr Vater begann trotzig, einen großen Kriegszug gegen die Christen vorzubereiten. Nein, er wollte keinen neuen Schwiegersohn, der hochgerühmte Franzose Willehalm war ihm nicht edel genug.

Für seinen Rachefeldzug hat der Großkönig aus Bagdad heute alle Verwandten und Vasallen, unzählige Söldner sowie viele hohe Könige und Fürsten in Bewegung gesetzt. Auch sein Bruder, der persische König Arofel und der mächtige König Halzebier ziehen mit einer beeindruckenden Anzahl von Schlachtschiffen an seiner Seite. Sie bringen gewaltige Armeen mit. Terramers gesamtes Reich erstreckt sich von Spanien und Nordafrika über Arabien bis nach Asien, weit hinein ins ferne Morgenland – der Name Terramers ist überall berühmt und berüchtigt.

Inzwischen haben die Sarazenen die gesamte Küste besetzt und die ersten strömen aus den Bäuchen ihrer Schiffe aufs Festland. Schon bald bedecken Abertausende von ihnen Berg und Tal. In dem großen Gedränge suchen manche noch verzweifelt nach ihrer Kampftruppe, als schon lautes Trompetengeschmetter und Trommelschläge in allen Ohren dröhnen.

»Mohammed!«, »Tervagant!«, »Apoll!«, rufen die Sarazenen aufgewühlt die Namen ihrer Götter, immer wieder, um sich gegenseitig Mut für den bevorstehenden Kampf zu machen.

Der alarmierte Markgraf Willehalm hat unterdessen so viele Männer wie möglich um sich geschart. Doch verglichen mit den feindlichen Truppen scheinen sie nur eine Handvoll zu sein. Allen ist bewusst, dass sie viel zu wenige sind: arm und reich zusammen gezählt, sind es vielleicht zwanzigtausend christliche Kämpfer, die Willehalm folgen. Einige Verwandte sind mit dabei, ebenfalls viele Grafen, die ihm Heeresfolge schulden und treu ergeben sind. Unter ihnen sind die Brüder Witschart, Samson und Gerhard von Blaye, sowie Willehalms tapferer Neffe Pfalzgraf Bertram. Auch der schöne, knabenhafte Vivianz reitet unter seiner Fahne. Dennoch, von den Provenzalen, den Burgundern und Franzosen aus dem Herzogtum hätte er gerne mehr dabei gehabt.

Als sich Willehalm mit seinen Anhängern dem Feld von Alischanz nähert, bietet sich ihnen ein beeindruckendes Bild. Ein Meer aus bunten Zelten glänzt in der Ferne, die Sarazenen scheinen wie unter Wolken schillernder Seide zu lagern. Genauso schön erstrahlen die unzähligen Banner mit ihren fremden Bildern.

Manch einen hätte wohl allein dieser Anblick in die Flucht geschlagen, nicht jedoch den kampferprobten Willehalm. Unverdrossen hält er seine Gefolgsleute dazu an, mutig für Gott und das Recht zu streiten und appelliert an ihr Ritterherz: Um beide Arten der Liebe müsse nun gerungen werden, um die hohe Minne hier auf Erden ebenso wie um die himmlische Liebe – wer dies beherzige, den erwarte der Lohn der Frauen oder der Gesang der Engel.

»Lasst nicht zu, dass die Heiden unseren Glauben schänden!«, ruft ihnen der Markgraf zu. »Sie würden uns das Christentum rauben, wenn sie könnten. Was wären wir, wenn wir uns nicht mehr bekreuzigen können?«

Eindringlich blickt Willehalm seine Männer an. »Jesus hat sich für uns am Kreuz hingegeben und uns von der Hölle erlöst. Ihr alle tragt sein Todeswappen – er wird uns sicher helfen. Verteidigt also Land und Ehre, damit uns Apoll, Tervagant und der Betrüger Mohammed nicht das Christentum niedertreten!«

Die flammende Rede des Markgrafen wird von gewaltigem Trompetenschall unterbrochen. Die Sarazenen haben gehört, dass die Christen kommen, um sich einen Platz im Himmel zu verdienen. Sie sind zum Kampf bereit, allen voran der große König Halzebier, der viele stolze Söldner und einflussreiche adelige Fürsten mit ihren Truppen anführt. Dreißigtausend kampferprobte Männer sind allein zu seiner Unterstützung abkommandiert – Halzebier rückt wahrlich mächtig an.

Der Rachefeldzug

Die gegnerischen Truppen haben sich formiert und stehen sich feindselig gegenüber. Sie wissen, in wenigen Sekunden geht es um Leben und Tod.

Da eröffnen die über das ganze Feld von Alischanz verteilten türkischen Reiterscharen Halzebiers das Gefecht. Doch wie gekonnt seine Turkopolen auch ihre starken Bogen spannen, sie schnellen und die Pfeile ziehen lassen, Willehalms Streitmacht hält diesem ersten Angriff tapfer stand. Den »Tervagant!«-Rufen der Sarazenen schleudert sie ihren eigenen Schlachtruf »Munschoi!« entgegen.

Jetzt hat das Hauen, Schlagen und Stechen erst richtig begonnen. Schnell sind die Truppen auf beiden Seiten so eng miteinander verschlungen, dass die Kämpfer reihenweise von ihren Pferden fallen. Viele hundert Sarazenen bleiben auf dem Feld. Auch die christlichen Gottesstreiter müssen viel erleiden, bis sie das feindliche Heer durchbrochen haben.

So grausam das Kampfgeschehen ist, der Aufzug der Sarazenen ist eine Augenweide. Die feinen, prächtig bunten Stoffe ihrer Waffenkleider und Banner kommen, von ihren Frauen geschmackvoll ausgewählt, aus der ganzen Welt. Andererseits ist unter hundert Kämpfern hier kaum einer, der eine sichere Eisenrüstung, einen Schild und Helm trägt, auch viele Fürsten nicht. So werden die Sarazenen mit ihren hohen, schneeweißen Turbanen schnell zur leichten Beute. Aber sie wehren sich mutig und hauen mit ihren Keulen solche Beulen in die Helme der Getauften, dass diese nicht mehr aufstehen können.

Immer erbitterter wird der Kampf. Als der Markgraf hintereinander einen reichen Fürsten und den heldenhaften König Pinel, einen Neffen Halzebiers, erschlägt, reicht es Terramer. Völlig überraschend stürmt er ganz allein auf seinem Pferd Brahane heran und entscheidet sich für eine waghalsige Tjost. In dem ritterlichen Zweikampf geht er mit eingelegter Lanze geradewegs auf den jungen, edlen Mile los, einen Neffen Willehalms. Die Franzosen sind entsetzt: Terramers Lanzenstoß trifft Mile tödlich.

Während der Großkönig sofort wieder in sein großes Lager zurück sprengt, beginnen Willehalms Männer, Halzebiers Heer nach allen Seiten hin zu durchlöchern. Von dessen dreißigtausend Mann sind bis jetzt gut zwei Drittel umgekommen. Doch so sehr sich die Christen auch anstrengen, die feindlichen Heeresmassen mit ihren im Wind flatternden Bannern wollen kein Ende nehmen.

Schon rücken fünf neue Sarazenenkönige mit ihren Truppen heran, angeführt von dem schönen König Naupatris. Den jungen, mutigen Ritter kennen hier alle – mit jeder Faser seines Herzens ringt er um die Liebe der Frauen. Auf seinem spiegelblank geputzten Helm thront eine glitzernde Krone, die aus einem großen, roten Rubin geschnitten ist. Gold und Edelsteine verzieren seine Rüstung, und auch sein Banner scheint das schönste auf dem Feld zu sein: Amor, der Gott der Liebe, ist darauf mit seinem goldenen Wurfspeer abgebildet.

In diesem Moment erblickt der königliche Sarazene den ebenso anmutigen und tapferen Vivianz. Wie der gefallene Mile ist auch Vivianz ein geliebter Neffe des Markgrafen. Giburg selbst hat ihn von Kindesbeinen an zu einem tugendhaften Ritter erzogen – die prächtige Rüstung, die er heute trägt, stammt von ihr.

In vollem Galopp löst sich Naupatris plötzlich von den Seinen und prescht auf den jungen, französischen Fürsten zu. Vivianz gibt seinem Pferd daraufhin genauso die Sporen und die Tjost nimmt ihren verhängnisvollen Lauf. Jeder zerreißt dem anderen Harnisch und Schild, so dass beide Speere zerbersten. Selbst aufs Schwerste verletzt, schlägt Vivianz seinem Gegner noch einen gezielten Hieb durch den schönen Kronenhelm. Schnell sind Gras und Sand von Naupatris Blut getränkt, und hilflos müssen seine Gefolgsleute dabei zusehen, wie er stirbt.

Auch zu Vivianz kommen die Brüder Witschart und Samson herbei geeilt, doch Amors Speer hat Vivianz nicht mit seiner Liebe, sondern mit Hass durchbohrt. So schlimm hat Naupatris sein Lanzenbanner geführt, dass dem knabenhaften Vivianz die Gedärme über den Sattel hängen. Doch der stolze Ritter tut so, als würde ihn kein Schmerz erschüttern. Er bindet sich die Eingeweide mit der Lanzenfahne fest um den Bauch und sprengt weiter in den Kampf.

Bei den Sarazenen sind ebenfalls schon viele todesmutige Männer vorangestürmt. Einer von ihnen ist König Sinagun, ein Neffe Halzebiers – als sich der siegreiche Willehalm einst im Kampf um die Provence zu weit von den Seinen entfernt hatte, war er es, der ihn überwältigen und zu Tibalt nach Arabien verschleppen konnte.

Bisher hat es so ausgesehen, als wäre Halzebier mit seinen Männern der Unterlegene. Doch die Franzosen müssen sich nun vor dem zornigen Terramer in Acht nehmen. Der weiß inzwischen, dass er den von allen geschätzten Naupatris verloren hat, und dass sich der Kampf langsam seinem Haupteer nähert. Außerdem ist sich Terramer bewusst, wie sehr Willehalms Heer bereits zusammen geschrumpft ist.

»Wir könnten sie mit einem Zehntel unserer Pfeile umzäunen«, behauptet er siegesgewiss, »keinen einzigen Augenblick werden sie gegen unser Haupteer ankommen!«

Der Großkönig will schon selber zu den Waffen greifen, als sich durch die Flut des Heeres neue königliche Heerführer nähern. Unter ihnen ist sein Schwiegersohn Tibalt und dessen Sohn, König Emereiß. Einer nach dem anderen kämpft sich jetzt mit seiner Truppe vor, während die anderen solange abwarten. Allein aus dem Gefolge von Terramers Bruder Arofel brennen noch unzählige Scharen auf ihren Einsatz. Arofels Truppen werden von den zehn Königssöhnen Terramers angeführt, die ihr Onkel heute besonders prächtig ausgestattet hat.

Durch das genietete und genähte Kreuz auf den Kampfgewändern sind Willehalms Anhänger auch für ihre Feinde gut zu erkennen. Sie sind bereits stark geschwächt, doch Terramers Söhne setzen ihnen noch härter zu. Von allen Seiten stürzen sie sich durch den aufwirbelnden Staub auf die bedrängten Ritter, um sie langsam, aber sicher einzukesseln. Ihre Chancen stehen mehr als schlecht, gegen jeden von ihnen sind jeweils hundert der besten Sarazenenritter und Bogenschützen aufgestellt.

Unter den Königen, die sich mit ihren Verbänden jetzt neu ins Kampfgewühl drängen, ist auch der stolze, hochgemute Josweiß. Während sein teurer Waffenrock in der Sonne glänzt, richten er und seine Mitstreiter ein neues Blutbad unter den Franzosen an. Mit jedem Ansturm schaffen sie es, ihre Feinde weiter auseinander zu reißen.

Neben Terramer reiten mächtige Könige wie Poidjus von Griffane und Poidwiß von Raabs. Ein anderer berühmter Mann ist der sizilianische König Tesereiß, der viele fremde Scharen durch das wilde Bergland hierher gebracht hat. Unter ihren Gefolgsleuten herrscht qualvolles Gedränge, und die Gefechte werden von donnernden Paukenschlägen, Trommelwirbeln, Flöten und Trompetenstößen begleitet – auf Terramers Seite gibt es nach wie vor kein Durchkommen.

Willehalms Truppen kämpfen verbissen weiter, obwohl ihre Lage weiter aussichtslos scheint. Nicht nur sie, auch die Getreuen des Großkönigs liegen bereits zu vielen Tausenden tot auf dem Feld verstreut. Auf seinem treuen Pferd Pussat schafft es der Markgraf, noch etliche von ihnen zu erschlagen. Er ist gut geschützt durch seinen harten, kostbaren Helm und durch sein scharfes Schwert Schoiuse. Doch auch ihm setzen die zahlreichen Verluste merklich zu und er muss an seine Giburg denken.

»Unsere Kräfte verlassen uns, weil unser Ruf Munschoi nicht mehr erklingt«, ruft er verzweifelt. »Ach, liebste Giburg, wie teuer hab' ich dich bezahlt!«

Willehalm wünscht sich, er hätte alleine gegen Tibalt kämpfen können, ohne Terramers gewaltige Armee – dann, glaubt er, hätte er noch länger mit seiner Frau vereint bleiben können. Er würde am liebsten sterben, doch der Markgraf weiß, dass er Giburg jetzt nicht alleine lassen kann. So fleht er Gott an, ihm seine Frau zu lassen und seine gefallenen Männer gnädig bei sich aufzunehmen.

Noch gibt Willehalm nicht auf. Während er sich durch die tobenden Massen kämpft und eine freie Gasse durch sie hindurch schlagen kann, hält er weiter ruhelos nach seinen Verwandten Ausschau.

Das Ende der Schlacht

Weg vom Schlachtengetümmel, hin zum Ufer des reißenden Flusses Larkant ist inzwischen Vivianz getrieben worden. Sein Banner, das die Wunde bisher notdürftig verbunden hat, ist abgerutscht. Obwohl ihn dies noch mehr schwächt, hört Vivianz nicht auf zu kämpfen – lange wird er das nicht mehr aushalten können.

Auf einmal erfüllt lautes Tosen und das Brüllen vieler verschiedener Sprachen die Luft. Es ist der indische König Gorhant, den Vivianz auf sich zukommen sieht. Ein mächtiger Verwandter Terramers, König Margot, hat ihn vom großen Fluss Ganges hierher geführt. Gorhant wird von seinen gefürchteten Fußtruppen begleitet. Eingepackt in einen grasgrünen Panzer aus Horn rennen sie blitzschnell heran, um mit ihren mächtigen Eisenkeulen wild um sich zu hauen. Doch anstatt zu fliehen, stößt der geschwächte Vivianz ungestüm in das Heer der indischen Hornleute. Ihr schreckliches Gegröle, zusammen mit dem verzweifelten »Munschoi!« des jungen Franzosen hat auch Pfalzgraf Bertram gehört, der schnell zur Hilfe eilt.

Er sieht, wie Vivianz in höchster Not um sein Leben kämpft. Bertram fasst sich ein Herz und nimmt den ungleichen Kampf mit Gorhant auf. Mit schier unmenschlicher Kraft schafft er es, seinen Gefährten aus der Menge zu befreien. Fünf weitere verbündete Grafen stürzen sich ins Gefecht, und Bertrams schwer gepanzertes, tapferes Pferd muss dabei sein Leben lassen. Vivianz entdeckt ein herrenloses türkisches Pferd, mit dem er dem Pfalzgrafen gerade noch rechtzeitig helfen kann. Bald sind sie glücklich zu neunt vereint, denn jetzt kommen noch seine Freunde Giblin und Witschart angesprengt, um ihnen beizustehen. Der Kampf zieht sich von neuem zurück auf das Feld und die Franzosen schlagen sich wacker.

Ein hoher Sarazene, der dies gerade argwöhnisch mitverfolgt, feuert seine eigenen Leute an: »Lasst von Willehalms Sippschaft keinen mehr übrig, denn sie wollten unseren Ruhm mit Gewalt vernichten! Jetzt hat König Tibalt allen Grund, den Göttern zu danken. Was der Markgraf mit Königin Arabel getan hat, dürfte traurig für ihn enden. Schonen wir den mörderischen Sprössling von Narbonne nicht länger! Sollen wir etwa dafür bezahlen, dass er von seinem Vater Heimrich kein Land bekam? Die Franzosen denken wohl, dass er uns hier bezwingt, wie er uns stets bezwungen hat. Doch wir haben sie gepackt!«

Auch Terramer muss mit ansehen, wie die Feinde unermüdlich gegen seine Scharen anreiten. »Sammeln wir unsre alte Kraft, die wir von den Göttern haben!«, schreit er sich aufgebracht in Rage. »Dass sich die verfluchte Arabel so von ihnen losgesagt hat! Wegen den üblen Kneipenhockern und Brühenschlürfern musste Tibalt seine Frau hergeben. Doch ihre eigenen Kinder sind heute hierher gekommen, um ihren Vater zu rächen. Wie konnten uns die schlappen Prasser nur solche Schande antun!«

Glühend vor Zorn fordert Terramer seine Männer auf, Arabel noch heute wieder zu gewinnen: «Rafft euch auf, ehrt die Götter und auch mich! Wenn Tervagant will, soll das Christentum noch heute durch ihren Abfall geschmäht werden. Bevor sie sich Jesus zuwendet, lasse ich sie lieber auf dem Scheiterhaufen zu Staub verbrennen!«

Währenddessen kämpft Vivianz weiter an der Seite seiner neun treuen Freunde, dort, wo sich König Halzebiers Heer gerade wieder neu gesammelt hat. Der Tod seines geliebten Neffen und Helden Pinel hat Halzebier schwer mitgenommen, ihm ist im Moment alles gleich. Halzebier ist nicht nur ein schöner König, braungelockt und groß, er ist auch so stark wie sechs Männer zusammen und ein erfahrener Krieger. Als er jetzt Vivianz dabei beobachtet, wie dieser seine Truppe durchbricht, und dabei mit letzter Kraft sieben Könige nacheinander erschlägt, kennt Halzebier kein Halten mehr. Er rächt den Tod seiner Mitstreiter so, dass der Junge mit einem Schlag hinter sein Pferd zu Boden fällt und das Bewusstsein verliert.

Halzebier gelingt es, acht von Vivianz' tapfersten Gefährten, die Grafen Bertram, Gerhard, Samson, Witschart, Gaudin, Huwes, Giblin und Hunas gefangen zu nehmen und abführen zu lassen. Er ahnt, dass die erstklassigen Kämpfer Verwandte des Markgrafen sind und er mit ihnen gute Pfänder für Königin Arabel hat.

Schon galoppieren weitere Scharen heran und setzen dem wie leblos daliegenden Vivianz mit ihren Huftritten schwer zu. Als sie verschwunden sind, kommt er nach einer Weile wieder zu sich. Er schleppt sich zu einem verletzten Pferd hin und steigt mühsam auf, seinen Schild kann er gerade noch mit nach oben ziehen.

Vivianz führt das Pferd an das Ufer des Larkant. Unterwegs hat er plötzlich eine Erscheinung: Der Erzengel Cherubin weist ihm den Weg zur Quelle des Flusses. Als Vivianz ein Gehölz mit Pappeln und eine schattige Linde erblickt, bleibt er stehen und sinkt kraftlos vom Pferd herab.

Der fromme Junge spürt, dass er bald sterben muss. »Allmächtiger Gott«, bittet er, »lass mich noch leben, bis ich meinem Onkel Rede und Antwort stehen kann – falls ich ihm je etwas Unrechtes angetan habe.«

Da beruhigt ihn der Engel in seinem Strahlenglanz: »Dein Onkel wird dich ganz sicher noch sehen – vertrau auf mich!« Im gleichen Augenblick ist Erzengel Cherubin verschwunden. Vivianz muss sich im Todeskampf ausstrecken und seine Sinne beginnen zu schwinden.

Mit zerschlagenen Kettenhemden, blutig und mit Schweiß und Staub bedeckt, haben sich Willehalm und sein kümmerlicher Rest unterdessen abseits auf einem Wiesenstück versammelt. Seine besten Freunde sind tot, bis auf die acht, die man gefangen genommen hat – doch davon weiß er noch nichts. Völlig erschöpft sehen sich seine Begleiter nacheinander um: sie sind von zwanzigtausend auf vierzehn dahingeschmolzen.

»Wie wenig wir noch sind!«, bricht es gequält aus dem Markgrafen heraus. »Wenn meine Verwandten gefallen sind und meine tapferen Vasallen, mit wem soll ich mich dann noch freuen? Nicht einmal Kaiser Karl hat einen solch unerträglichen Verlust erleiden müssen.«

Willehalm bedauert zutiefst, dass er diesen Verlust ausgerechnet durch seine geliebte Giburg erlitten hat. Aber es hilft alles nichts, er muss sich sofort mit seinen verbliebenen Anhängern beraten. Jeder von ihnen hat heute jemanden verloren, ob Vater, Bruder oder einen guten Freund. Trotzdem wollen sie ihrem Heerführer bis zuletzt zur Seite stehen.

»Ihr seht, was Ihr an Leuten habt«, wendet sich einer seiner Getreuen an den Markgrafen. »Entscheidet Euch, auch wenn beides gleich hoffnungslos ist. Entweder wir gehen zurück und kämpfen bis zum Tod, oder wir ergreifen die Flucht. In Orange ist kein wehrhafter Mann geblieben, deshalb braucht die vortreffliche Giburg jetzt Eure Hilfe. Wir werden Euch, so lange es geht, entlang der feindlichen Truppen Deckung geben – sollten wir allerdings den Heiden in die Hände fallen, dürfte es uns schlecht ergehen!«

Willehalm sieht ein, wie sinnlos ein Weiterkämpfen ist. Seine gefallenen Verwandten und Vasallen verlassen zu müssen, treibt ihm die Tränen in die Augen. Aber er weiß, dass er keine Wahl hat, er muss so schnell wie möglich nach Orange zu Giburg und ihre Stadtburg verteidigen helfen.

Der Markgraf und seine Männer machen sich nacheinander auf, und tatsächlich scheint es zunächst, als würden sie die Sarazenen in Ruhe lassen – keiner reitet ihnen nach oder greift sie von vorne an. Doch der reiche König Paufameiß, der gerade erst mit seinem Gefolge vom Meer eingetroffen ist, lechzt noch nach Kampf. Auf einen Wink von ihm beginnen seine Leute damit, den abgekämpften Willehalm auf ihren edlen Schlachtrössern zu attackieren. Unter lauten »Munschoi!«- Rufen eilen ihm seine Gefährten schnell zur Hilfe, während der Markgraf bereits unerschrocken nach dem jungen Führer der Angreifer Ausschau hält. Sie sind an einem engen Durchlass, als sich Willehalm und seine Männer mutig den Raum freikämpfen können und es schaffen, die feindliche Schar zu durchbrechen.

Sein üppiger, in der Sonne gleißender Schmuck wird dem schönen Sarazenenkönig nun zum Verhängnis: Willehalm kann Paufameiß im Getümmel sofort ausmachen, den Kampf mit ihm aufnehmen und ihn unter den entsetzten Schreien seiner Anhänger erschlagen. Doch so gut der Markgraf hier seinen Rachedurst stillt, er verliert in diesem Gefecht auch noch seine letzten vierzehn Anhänger – ab jetzt ist er völlig auf sich alleine gestellt.

Bei einem erneuten Angriff durch zwei junge Königsbrüder wird Willehalm abermals zurückgetrieben. Nur mit Mühe gewinnt er die Oberhand und kann sie beide besiegen. Sein Pferd Pussat trägt ihn schwer verletzt fort, weiter durch das blutige Schlachtfeld, über Äcker und Wiesen, als er schon wieder zwei feindlichen Königen begegnet, die noch nichts von ihrer Kraft eingebüßt haben.

Kaum ist der erste von Willehalms Hand gefallen, zerbricht ihm der andere von hinten einen Speer auf seinem Rücken. Wutentbrannt reißt der Markgraf Pussat herum, hinein in die Attacke, und schlägt auch diesen Angreifer tot zu Boden. Er nimmt dessen prächtiges Streitross an sich und flieht, denn schon kommen wieder neue, johlende Scharen auf ihn zu. Doch zu spät, die ersten Lanzen krachen laut auf seinen Körper, Willehalm wird von allen Seiten gegerbt wie Leder. Das edle Pferd, das er erbeutet hat, muss er notgedrungen aufgeben – er gönnt es seinen Feinden nicht und sticht es tot.

Geschützt durch die riesigen Staubwirbel, gelingt es ihm, seinen Verfolgern in Richtung Berge zu entkommen. Der Aufstieg ist steil und beschwerlich, aber treu trägt ihn Pussat immer weiter hinauf.

✤

Der leidgeprüfte Franzose,

Wilhelm mit der kurzen Nase,

mag nun diesen Verlust erkennen

und sich selbst

den beklagenswertesten Mann nennen,

der je zum Ritter geschlagen wurde

und als Ritter diente.

BUCH II

der siuftebaere Franzeis,

Willelm ehkurneis,

mac nû dise vlust erkennen

und sich selben nennen

zem aller schadhaftestem man,

der schiltes ambet ie gewan

und der ie rîterschaft pflac.

Vivianz' Tod

Nach einer Weile wagt es Willehalm, Pussat anzuhalten und sich umzudrehen. Die Sarazenen sind über Berg und Tal verteilt, nach allen Seiten ist Alischanz mit ihren siegreichen Bannern bedeckt.

Ohnmächtig und voller Zorn verflucht der Markgraf ihre Übermacht: »Ihr verdammten Sarazenen, ihr seid wahrlich mehr als alle Hündinnen und Sauen, und dazu noch alle Frauen dieser Welt, gebären könnten! Ach, Pussat, wüsstest du nur, wohin ich mich jetzt wenden soll. Wenn wir gesund und unverwundet wären, könnten mich die Heiden jagen wie sie wollten, ich würde es ihnen schon zeigen! Aber wir schaffen es im Moment nicht mehr weiter.«

Sanft streichelt Willehalm über die Mähne und den Hals des Pferdes. »Glaub' mir, wenn wir erst in Orange sind, verwöhne ich dich mit allem, was du liebst, mit Hafer, Erbsen, Gerste und zartem Heu – wenn mir die Heiden die Stadt bis dahin nicht abgenommen haben. Du bist meine letzte Hoffnung, deine Schnelligkeit muss mich jetzt retten!«

Doch Pussats braunes Fell ist blutverkrustet und überall mit weißem Schaum besprenkelt. Willehalm sieht, dass er eine Verschnaufpause braucht und steigt mit seiner Rüstung schwerfällig von Pussat herunter. Er reibt ihn sorgfältig mit seinem teuren Seidenumhang ab, bis er wieder munterer wird, aufstampft, und sich mit leisem Schnauben und Wiehern bedankt. Damit sein Pferd auch endlich seinen Durst löschen kann, zieht es Willehalm am Zügel durch viele Schluchten hinunter zum Flussbett des Larkant.

Nachdem er eine kurze Strecke durchs Gestrüpp geritten ist, sieht er plötzlich den Schild des jungen Vivianz vor sich liegen. Vom Kampf ist er übel zugerichtet, aber Willehalm erkennt ihn sofort am kostbar ausstaffierten Band. Auf Giburgs Wunsch hin waren dort wunderschöne Smaragde, Diamanten, Rubine und Goldsteine hineingewebt worden. Eine düstere Ahnung steigt in dem Markgrafen auf.

Kurz darauf findet er Vivianz an der Quelle des Flusses, bei der er unter der schattigen Linde wie tot liegt. Sein Anblick bricht ihm das Herz. »Wär' ich doch mit dir zusammen erschlagen worden!«, spricht er mit tränenerstickter Stimme. »Oder könnte ich mich wenigstens wie ein Fuchs im Bau verstecken, dann müsste ich nie wieder ans Tageslicht! Ich lebe noch und bin doch tot.«

Den völlig entmutigten Willehalm verlassen die Kräfte und er sackt bewusstlos vom Pferd. Wieder zur Besinnung gekommen, kniet er sich zu seinem bleichen Neffen hin und sieht ihn voller Trauer an. Vorsichtig bindet er Vivianz den zerhauenen Helm ab und legt dessen zerschundenen Kopf weinend in seinen Schoß.

»In dir war das Gute aller Menschen versammelt. Dein Herz war so rein wie der Glanz der Sonne und nie hat es dir an hohem Ruhm gefehlt«, kommt es stockend aus ihm heraus. »Solange ich lebe, werde ich um dich weinen.«

Der Markgraf muss tief Luft holen, um weitersprechen zu können. »Ach, süßer Vivianz, und welchen endlosen Schmerz wirst du erst Giburg bereiten! Wie ein Vogel sein Junges hat sie dich behütet, dich immer auf dem Arm getragen. Dir und den hundert anderen Knappen gab ich das Schwert, schenkte ihnen Rüstungen und viele, edle Rösser, alles für deinen hohen Ruhm. Giburg ließ euch viele kostbare Gewänder schneidern, sie hielt dich besser als ihr eigenes Kind. Wie herrlich war dein Schild geschmückt, der kostete fünfhundert Mark! Und wozu? In all der Pracht bist du nun tot.«

Was erst die Frauenwelt am schönen Vivianz verloren hat, darüber will der Markgraf gar nicht erst nachdenken. Er weiß, dass dessen Anblick von allen Frauen immer nur gepriesen wurde. Und auch seine Verwandtschaft wird sein Tod in tiefes Leid stürzen, davon ist er überzeugt.

Mit einem Mal beginnt der Junge zu röcheln und sich in Willehalms Schoß zu strecken. Hart und schnell schlägt sein Herz, er kämpft mit dem Tod. Seine hellen Augen öffnen sich und er sieht seinen Onkel, wie es ihm der Engel versprochen hat. Überrascht und aufgewühlt drängt ihn Willehalm zu sprechen: »Hast du schon empfangen, womit deine Seele freudig vor den Allmächtigen treten soll? Hast du gebeichtet? Hat dir ein Christ beigestanden, seit ich dich verloren habe?«

»Seit ich Alischanz verließ, habe ich niemanden außer dem Engel Cherubin gesehen und gehört«, flüstert Vivianz angestrengt. »Onkel, bitte lass mich noch beichten: Ich habe gesündigt, weil ich so viel Gunst und Ehre von Euch angenommen habe. Für Giburgs große Güte und Freigebigkeit habe ich mich nie angemessen bedankt ... ich bin sicher, Gott wird es ihr lohnen. Onkel, und ich wollte Euch Treue halten, wollte nie vor einem Sarazenen fliehen. Habe ich meinen Eid gebrochen oder war feige im Kampf, soll meine Seele dies jetzt büßen.«

Willehalm ist verzweifelt: »Ich bin verflucht, dass du geboren wurdest! Wie konnte ich dich nur mit einem Schwert umgürten? Du bist ja kaum groß genug, um einen kleinen Falken auf der Hand zu tragen. Du hättest noch zu Hause bei den Kindern bleiben sollen, anstatt gegen all die starken Krieger aus den Heidenländern zu kämpfen. Nicht du, sondern ich hab' vor Gott für dich zu büßen ... dich hat niemand hier erschlagen als ich selbst!«

Während sein Neffe kraftlos daliegt, bietet ihm Willehalm ein geweihtes Stück Brot aus seiner Tasche an, das er noch von einem Geistlichen aus Paris hat. Erleichtert, gebeichtet zu haben und das Brot zu bekommen, richtet Vivianz seine Augen zum Himmel: »Ich rufe Dich, der Du mich erschaffen und mir die Kraft gegeben hast, in Deinem Dienst zu kämpfen«, sagt er mühsam.

»Küsse mich, vergib mir alles, was ich an Dir gesündigt habe. Meine Seele drängt es fort von hier. Lass' mich schnell empfangen, was Du ihr geben willst, um ihr zu helfen.«

Kaum hat Willehalm dem Jungen das geweihte Brot auf die Zunge gelegt, erlischt alle Kraft in ihm und er stirbt in den Armen seines Onkels.

Während sich Vivianz' Seele von seinem Leib trennt und davonfährt, nimmt Willehalm einen heiligen Wohlgeruch an ihm wahr. Immer wieder drückt er den Toten an seine Brust, den geliebten Sohn seiner Schwester. Seine Trauer ist so groß, dass er irgendwann keine Tränen mehr findet. Er hebt den leblosen Körper vor sich auf Pussat und bricht schweren Herzens Richtung Orange auf, wo Giburg auf ihn wartet.

Aus Vorsicht meidet der Markgraf die Straße und reitet lieber flussaufwärts am Larkant entlang, in Richtung des Gebirges. Doch seine Umsicht bringt ihm kein Glück. Unbekannte greifen ihn plötzlich und ohne Vorwarnung an und der verzweifelte Willehalm muss den toten Vivianz vom Pferd werfen. Mit aller Kraft wehrt er sich gegen seine unwillkommenen Angreifer, bis es ihm im Schutz eines Dickichts endlich gelingt, sie abzuschütteln. Als er zu der Stelle zurückreitet, an der er Vivianz hat liegen lassen, beschließt er traurig, die Nacht bei seinem Neffen zu wachen.

Die ganze Zeit über quält sich Willehalm mit der Frage, was er jetzt mit dem Jungen machen soll. Er will ihn nicht noch einmal fallen lassen müssen. Die Heiden, denkt er grimmig, hätten dann noch mehr Grund zu prahlen und zu spotten. Aber auch die Schande, ihn einfach alleine und ohne Begräbnis liegen zu lassen, macht ihm Angst. Wie er es auch dreht und wendet, er weiß, dass er seinen Angreifern mit Vivianz auf dem Pferd nicht gewachsen sein wird.

Allein unter Feinden

Als der Tag anbricht, hat Willehalm seinen Entschluss gefasst. Er küsst seinen toten Neffen ein letztes Mal und reitet davon.

Dies stellt sich schnell als richtig heraus. Fünfzehn ebenfalls von einer langen Nacht gezeichnete feindliche Könige tauchen unvermittelt vor ihm auf. Wie er haben sie in voller Rüstung Totenwache gehalten, zu Ehren Tervagants, und auf Terramers Befehl. Die Anführer der Scharen, mächtige Emire und Fürsten, sind ringsum ausgeschwärmt, um das Schlachtfeld abzusichern und feindliche Überlebende aufzuspüren und zu töten. Die Sarazenenritter reiten unbegleitet, die meisten aus ihrem Gefolge sind noch damit beschäftigt, die eigenen Toten und Verwundeten aus dem Feld zu tragen und zu versorgen.

Einer der Könige ist Emereiß, Giburgs und Tibalts gemeinsamer Sohn. Er hat Willehalm sofort erkannt und brennt hasserfüllt darauf, die erste Lanze zu führen. Schon prasseln die Speere aller Könige auf den Markgrafen nieder, so dass er sich kaum noch auf Pussat halten kann. Aber sein Schwert Schoiuse schlägt immer weiter durch die Helme der mächtigen Könige, bis ihnen das Blut durch die Kettenpanzer fließt. Willehalm verschont niemanden bis auf seinen Stiefsohn Emereiß – Giburg zuliebe will er ihm nichts tun.

Emereiß nähert sich dem Markgrafen in seiner stattlichen, kostbar schimmernden Rüstung und fährt ihn wütend und gedemütigt an: »Wie du meinen Vater und die Götter an meiner Mutter geschändet hast! Bestimmt hast du sie mit Zauberkräften dazu gezwungen, sich von ihnen loszusagen. Du und deine Christenfreunde sollen mit dem Tod dafür bezahlen, dass eine so vollkommene Frau nur wegen dir unsere heiligen Gesetze gebrochen hat! Meine ganze Verwandtschaft leidet darunter, und auch mich verfolgt seitdem nur Scham und Angst. Ich verhöhne sie nicht, sie, die mich geboren hat, das stünde mir nicht zu. Aber ich werde sie für immer hassen!«

Willehalm verzichtet auf eine Antwort.

Er sieht es dem schwer gekränkten Emereiß nach, was er über Giburg gesagt hat, und lässt ihn seiner Mutter zuliebe davonreiten. Acht Könige, darunter Akarin von Marrakesch, sind inzwischen geflohen, sieben bleiben tot zurück.

Der Markgraf verlässt den Kampfplatz. Als er an zwei allein lagernden Königen vorbei kommt, gibt es ein unerfreuliches Wiedersehen. Der eine der beiden prächtig ausgestatteten Könige ist Giburgs Onkel, der berühmte Arofel von Persien, der die zehn Söhne Terramers in die Schlacht geführt hat – er gilt als bester Mann in Terramers Heer. Der andere ist der schöne König Tenebruns, nicht weniger berühmt als sein Gefährte.

Kaum haben die beiden den feindlichen Heerführer erblickt, springen sie auf und laufen zu den Pferden, um ihre Waffen zu holen. Willehalm lässt sie auf sich zu kommen und weicht nicht aus, als sie ihre Speere im rasenden Galopp gegen ihn senken. Er ist stark genug, um ihre mächtigen Stöße abzufangen. Doch als er kurz danach eilig weiter nach Orange reiten will, hören die zwei nicht auf, ihn zu attackieren. Der Markgraf reißt zur Abwehr sein Schwert hoch, stößt Pussat beide Sporen in die Flanken, und geht auf Tenebruns los, der den Kampf gegen Willehalm verliert.

Der kühne Perser Arofel bringt Willehalm jedoch ernsthaft in Gefahr. Sie schlagen sich so wild, dass ihnen die Splitter der Schilde durch die Luft fliegen. Arofel will es wissen, er lässt sein Pferd aus vollem Lauf auf das Willehalms prallen. Dieser gewagte Angriff schadet jedoch nicht seinem Widersacher, sondern ihm selbst: vor dem einen Knie reißen ihm alle Riemen, am Gürtel löst sich sein Beinschutz und sackt hinab. Gleichzeitig verrutschen sein Kettenpanzer, der darüber hängende Waffenrock und der Schild, so dass plötzlich sein Bein entblößt ist. Der wütende Markgraf überlegt nicht lange und trennt Arofels starken, schönen Oberschenkel mit einem Hieb ab.

Vom Pferd gestoßen, ergibt sich der vor Schmerzen stöhnende

Perserkönig. Er bietet Willehalm unermessliche Schätze als Lösegeld an: »Du bekommst dreißig Elefanten vom Hafen in Alexandria und so viel Gold, wie man von dort verschiffen und mit Mühe tragen kann. Außerdem gebe ich dir sicheres Geleit, um alles bis nach Paris zu bringen – du hast mein Wort!«

Willehalm sitzt ab, erleichtert über den Ausgang des Kampfes. Als er aber hört, dass der reiche Arofel für sein versehrtes Leben einen solchen Schatz anbietet, stößt ihm dies bitter auf und er muss an den toten Vivianz denken.

Woher er komme, will der Markgraf von Arofel wissen. Der König erzählt, dass er in Persien über viele Fürsten geherrscht habe, doch diese Macht sei wegen Arabel jetzt dahin: »Ich bin erniedrigt – dass ich für die Tochter meines Bruders so bezahlen muss!«, ruft er vorwurfsvoll. »Hätte man nicht mich, sondern sie und Tibalt erschlagen, wäre es für alle besser gewesen.«

Arofels ehrliche Anklage macht den Markgrafen jedoch noch zorniger: »Mein ganzes Leid sollst du mir büßen! Dein Bruder Terramer hat die Besten aus meiner Verwandtschaft getötet, wozu du kräftig beigetragen hast. Und wenn du den ganzen Hindukusch verschenken könntest, all das Gold könnte sie nicht ersetzen!«

Verzweifelt fleht Arofel um Gnade: »Nimm mein Pferd Volatin, egal, was du willst aus meinem Reich, aber nimm es, und lass mich elend und verstümmelt leben!«

Doch sein Flehen bleibt unerhört. Willehalm holt aus und macht dem Leben des hilflosen Mannes ein Ende. Der Markgraf hat es eilig. Er zieht Arofel Rüstung und Waffenschmuck vom Leib und schlägt ihm mit einem neuen Hieb den Kopf ab. Danach tauscht er seinen eigenen alten Harnisch mit dem des Toten und gürtet sich schließlich auch dessen kostbaren Schild und beide Schwerter um.

Wehmütig blickt Willehalm zu Pussat, der sich bei dem Kampf schwer verletzt hat. Er muss sich von ihm trennen, bevor er seine

Flucht fortsetzen kann. Er bindet dem Pferd das Zaumzeug ab, damit es nicht verhungern muss, und lässt ihn laufen. Willehalm steigt auf Arofels Pferd Volatin auf, doch als er schnell los reiten will, trabt sein braver Pussat treu hinter den beiden her.

Diesmal hat der Markgraf mehr Glück. Ohne verfolgt zu werden, gelangt er bis kurz vor Orange. Das erste Mal seit langem steigt in ihm wieder so etwas wie Freude auf – doch sie währt nur kurz. Laute Trompetenstöße und riesige Staubwolken künden neue Truppen Terramers an: Der Großkönig hat Giburgs Sohn Emereiß dazu ermächtigt, seine eigene Mutter zu töten. Aber nicht alle Sarazenen sind glücklich über diesen Befehl. Einer von ihnen, der mächtige König Tesereiß, will Giburg nicht töten, sondern vielmehr beschützen. Für ihn, der gerade mit den anderen heran geritten kommt, ist die edle Liebe ein hohes Gut.

Willehalm ist jetzt von seinen Widersachern umstellt, alle Pfade und Straßen nach Orange sind übersät von sarazenischen Truppen. Doch der Markgraf sieht nicht nur so aus wie sie, er spricht auch ihre Sprache. Als wäre er einer von ihnen, lenkt er Volatin unerschrocken direkt auf ihre Truppen zu. Im ruhigen Schritttempo reitet er durch die Lücken auf den Wiesen und Äckern. Trotzdem kann Willehalm nicht verhindern, dass ihm viele aus dem Heer misstrauisch hinterher starren.

König Poidjus, ein Enkel Terramers, hält gerade auf dem Feld an und wartet, bis sich seine Gefolgsmänner zu ihm aufgeschlossen haben. Er hat viele Truppen aus dem Aufgebot des großen Tesereiß dabei. Als Willehalm auch an seinen Truppen unauffällig vorbeiziehen will, wird es ungemütlich. Den Sarazenen fällt das französische Reitzeug von Pussat auf und sie wundern sich, dass das verletzte Pferd genau auf Willehalms Spur hinterher trabt. Auch befremdet sie, dass Willehalm einen ungewöhnlichen Pelz unter seiner Rüstung trägt – ein Teil seines leuchtend-weißen Hermelins lugt für alle sichtbar hinten über dem Sattel hervor.

»Das Pferd dort kennen wir!«, rufen sie aufgeregt. »Es hat den Mann getragen, der Pinel und viele andere von uns getötet hat!

Der Ritter ist bestimmt ein Christ, sein Pelzrock stammt aus Frankreich. Er glaubt wohl, uns hier besonders schlau entkommen zu können!«

Als Willehalm das hört, gibt er seinem Pferd die Sporen. Doch es hilft nichts, ein Kampf ist unvermeidlich. Immer zwanzig oder mehr stechen gleichzeitig auf den Markgrafen ein, so dass die Lanzen auf seinem Körper in tausend Stücke zerspringen. Wie ein Ball wird der missliebige Markgraf von einem Trupp zum anderen gespielt und über Berg und Tal getrieben. Nur sein neues, gutes Pferd Volatin und sein Schwert Schoiuse retten ihm knapp das Leben.

Nachdem Willehalm genügend Abstand gewonnen hat, bittet ihn einer der Sarazenenkönige eindringlich, doch langsamer zu reiten. Es ist Tesereiß von Sizilien, der mit seiner leuchtend bunten Lanze jetzt ganz nah an ihn heran reitet.

»Ich will wissen, wer du bist!«, ruft ihm der schöne, höfische Mann zu. »Bist du getauft, dann stell dich einer Tjost, um den Ruhm zu gewinnen! Wenn du der Markgraf bist, hat dir sicher dein Herr Christ dabei geholfen, Arabel zu gewinnen – hätte sie sonst ihre reichen Länder und ihre hohe Krone für dich geopfert? Ist es so, wie ich vermute, will ich dich um deines Ansehens und deiner Liebe willen retten!«

Tesereiß verspricht Willehalm, ihn zu beschützen und die Gunst seiner Götter für ihn zu gewinnen: »Glaub' mir«, beteuert er, »noch nie hat mir ein Kampf so widerstrebt wie der gegen dich. Ich will wirklich nicht, dass du zu Schaden kommst!«

Willehalm schweigt, doch Tesereiß bittet ihn immer wieder, einzulenken: er wolle ihn noch reicher machen, er solle sich doch besser ergeben. In diesem Augenblick wird der Markgraf direkt von einer Lanze getroffen. Geistesgegenwärtig ergreift er die noch unzerbrochene Waffe und windet sie seinem Angreifer aus der Hand. Doch König Tesereiß wird nicht müde, ihm zuzurufen: »Kehr um, wenn du ein Diener Arabels bist!«

Nun ist Willehalms Geduld am Ende, er kommt der Bitte des Tesereiß unsanft nach und wirft Volatin herum. Die beiden geben ihren Pferden die Sporen und sprengen im gestreckten Galopp aufeinander zu. Ihre Lanzen gehen in dem wilden Zweikampf zu Bruch, aber es ist der liebenswerte Tesereiß, der sein Leben lassen muss.

Der Tod des geliebten jungen Helden bleibt nicht ohne Folgen. Von allen Seiten traktieren die Heeresmitglieder den Markgrafen erbost mit Lanzenstößen und rufen aufgepeitscht: »Mohammed, wenn du's mir gönnst, dann erwisch' ich ihn!«

Willehalm schlägt weiter kräftig um sich, doch am Ende bleibt ihm nichts anderes übrig, als die Flucht zu ergreifen. Er verliert dabei Pussat, den er tot zurücklassen muss. Ein Kastanienwäldchen wird seine Rettung. Viele hohe Weinreben ranken sich in dem Wald und in ihrem dichten Gestrüpp gelingt es ihm, den wütenden Sarazenen zu entkommen.

Wiedersehen in Orange

Bald darauf hat es der Markgraf bis vor sein Stadttor von Orange geschafft. Er weiß, dass er Giburg jetzt nicht schonen kann und ihr die ganze Wahrheit sagen muss, auch die über Vivianz.

In seiner Trauer sieht er den alten Kaplan Stefan auf dem Wehrgang über dem Tor stehen. Sofort gibt sich Willehalm zu erkennen, doch der Geistliche glaubt nicht, was ihm der Unbekannte da unten zuruft. Auch die herbei eilende Giburg kann ihren Mann in der fremden Rüstung nicht erkennen, zu kostbar scheint ihr sein Waffenschmuck, und mit dem seltsamen Schild meint sie, einen Sarazenen vor sich zu haben. Außerdem sieht Arofels Pferd Volatin Pussat so gar nicht ähnlich.

»Ihr seid ein Heide!«, ruft die Königin entrüstet. »Wieso behauptet Ihr, der Markgraf zu sein? Wen versucht Ihr mit Eurer überflüssigen Lüge zu täuschen? Der Graf war immer Manns genug, an der Seite seiner Leute zu kämpfen und nicht zu fliehen, wie hart es dabei auch zuging. Viele könnten Euch daran hindern, hier so nah zu halten, doch meine Ritter pfeifen drauf!«

In Wahrheit ist Giburgs Streitmacht bis auf den Kaplan dahingeschmolzen, nicht ein Mann hält sich mehr in ihrer Burg auf. Willehalm ahnt, wie die Dinge in Wirklichkeit stehen und fleht seine Frau an, ihm zu vertrauen: »Giburg, Geliebte, lass mich hinein und tröste mich! Nach all dem Leid erinnerst du mich daran, dass es auch noch Freude gibt. Ich habe mich so sehr danach gesehnt.«

Doch Giburg glaubt ihm immer noch nicht: »Ich bin es vom Markgrafen nicht gewohnt, dass er alleine kommt. Wenn Ihr nicht geht, wird man Euch gleich mit einem Stein winken, bis Ihr auf dem Boden liegt!«

Gerade, als sie dies sagt, führt eine feindliche Truppe an die fünfhundert Gefangenen ab und treibt sie mit Geißeln vor sich her. Giburg hat großes Mitleid mit ihnen. An den Markgrafen gerichtet, sagt sie vorwurfsvoll: »Wenn Ihr wirklich der Herr dieses Landes wäret, dann würdet Ihr euch schämen, dass Eure Untertanen dort leiden. Helft Ihr ihnen jetzt nicht, weiß ich genau, dass Ihr es nicht seid!«

Das lässt Willehalm nicht auf sich sitzen. »Munschoi!«, brüllt er laut, reißt sein Schwert in die Luft und stürmt los. Die Sarazenen glauben, den mächtigen Arofel vor sich zu haben, und machen gar keine Anstalten, sich zu wehren. Einer nach dem anderen stürzt tot zu Boden, und schon bald ergreifen die restlichen Wächter die Flucht. Auch ihre Beute, mit Wein und Nahrungsmitteln reich beladene Kamele und Dromedare, lassen sie zurück.

Erleichtert schneidet Willehalm seinen Landsleuten eigenhändig die Fesseln auf. Nachdem der Markgraf befohlen hat, die Lasttiere in die Stadt zurückzutreiben, kann er wieder ehrenvoll vor sein Tor treten.

Doch die Königin ist immer noch davon überzeugt, dass man sie täuschen will. Nun drängen Willehalm und die befreiten Leute mit Nachdruck darauf, eingelassen zu werden. Giburg bekommt es mit der Angst zu tun. In letzter Not fällt ihr ein, den Markgrafen nach seinem Erkennungszeichen zu fragen: »Als Ihr damals die Römer im Einsatz für Papst Leo an Karls Seite überwinden konntet, habt Ihr Euch eine Narbe auf Eurer Nase geholt. Lasst sie mich sehen, dann kann ich schnell erkennen, ob Ihr der echte Markgraf seid!«

Dieser Bitte kommt Willehalm gerne nach. Er löst seinen Helm und streift den darunter liegenden Kopfschutz ab. Im gleichen Moment ruft Giburg überglücklich: »Wilhelm mit der kurzen Nase, willkommen, edler Franzose!«

Sie befiehlt das Tor zu öffnen und klagt dabei über ihre eigene Dummheit und Sturheit. Doch der Markgraf will davon nichts hören. Während sie ihn schuldbewusst mit Küssen überhäuft, beruhigt er sie: »Süße Freundin, was ich je an Hass und Wut empfunden habe, soll dich nicht treffen, denn ich kann dir nicht böse sein. Lass' uns gegenseitig trösten und helfen, wir haben Grund zu trauern.«

Giburg erschrickt sehr. Ob ich ihn wohl fragen kann, was auf Alischanz passiert ist?, überlegt sie zögernd. Ob er selbst und Vivianz das Feld gegen König Tibalt behaupten konnten und wie es ihnen dabei ergangen ist? Als die Königin in Willehalms leere Augen blickt, beginnt sie, heftig zu weinen. »Warum bist du alleine gekommen?«, ruft sie voller Angst. »Wo sind all die anderen? Herr und Geliebter, sag' es mir doch!«

»Ich kann dir nicht sagen, was sie alle erleiden mussten«, antwortet er ihr niedergeschlagen. »Aber von Vivianz weiß ich sicher, dass er tot ist. Er lag in meinem Schoß und ich sah, wie ihm sein junges Herz zerbrach.« Schluchzend verbirgt Giburg ihr Gesicht vor Willehalm, der mit versteinertem Gesicht weiterspricht. »Dein Vater Terramer hat mir viel Leid gebracht. Und er wird mir wahrscheinlich noch mehr davon bringen, bis er endlich Ruhe gibt. Mein Verlust ist unermesslich.«

Als Giburg hört, dass ihr Vater selbst mit nach Alischanz gekommen ist, stößt ihr dessen Unversöhnlichkeit bitter auf. »Unsere ganze Heeresmacht reicht nicht aus, um ihn und all seine Vasallen und Verwandten abzuwehren. Wenn wir doch stark genug wären, sie hier zum Kampf zu zwingen! Mutig genug dazu wären wir. Wir müssen uns wehren! So schnell sollen sie unser Leben nicht bekommen, und wenn, dann soll es sie etwas kosten. Orange ist gut genug befestigt, dass es den unwillkommenen Gästen noch zu schaffen machen wird!«

Giburgs tapfere Rede rührt den Markgrafen sehr. Tröstend nimmt er sie in den Arm und sie küssen sich zärtlich. »Auf gute Tage müssen schlechte folgen. Du machst mich so reich mit deiner hohen Liebe. Wer würde dafür nicht sein Leben wagen und all sein Hab und Gut?«, spricht er ihr zärtlich ins Ohr. »Noch sehe ich Hoffnung, wenn es dir gelingt, die Stadt zu halten. Es gibt viele Fürsten, die ich noch nie um Hilfe gebeten habe. Mit Schwertern werde ich deine Fesseln lösen, so sehr sie dich auch belagern sollten! Ich kenne die Treue meiner Verwandtschaft. Vergiss nicht, Karls Sohn Louis hat meine Schwester zur Frau, er wird mich sicher nicht im Stich lassen. Außerdem habe ich noch meinen alten Vater Heimrich, er hat sein hohes Ansehen auch dir zu verdanken.«

Kaum hat Willehalm dies ausgesprochen, sehen sie das feindliche Heer wie eine Flut auf sich zukommen. König Akarin von Marrakesch und Terramer selbst führen die Kampfverbände an. Ohne zu zögern, vertraut Willehalm seinen befreiten Leuten alle Tore und den oberen Wehrgang an. Jeder hilft mit, auch die Frauen und Kinder schleppen so viele Steine wie möglich zum Wehrgang hinauf.

Unterdessen umrundet Terramer höchstpersönlich die Stadt, um die Lage zu erkunden. Sein Heer ist jetzt vollzählig eingetroffen. Weil er von den Franzosen keine Gegenwehr erkennen kann, beginnt er damit, die einzelnen Lager der Könige aufzubauen. Mit großer Pracht und Pomp lässt er sich zusammen mit Tibalt und seinen Kriegern direkt vor Giburgs Tor nieder. Die anderen Könige, darunter Giburgs Sohn Emereiß und drei ihrer Brüder, stehen ihnen dabei in nichts nach, auch wenn sie dies nicht alle gleich gern tun. Gemeinsam schwören sie dem nach Rache lechzenden Tibalt, die Stadt, wenn es sein muss, auch ein ganzes Jahr lang zu belagern.

Schließlich ist ganz Orange, mit allen seinen Toren und dem Feld, rundherum von den Sarazenen umstellt. Die bedrohliche Lage verschafft Willehalms erschöpften Rittern trotzdem eine willkommene Pause, im Moment muss niemand mit einem Angriff rechnen.

Auch Giburg zieht sich mit ihrem Mann in ihre Kemenate zurück. Endlich kann sie ihm aus der Rüstung helfen und seine Wunden behandeln. Sie bereitet ihm eine frische Heiltinktur und verbindet sorgfältig die Verletzungen, die er von den Pfeilen erhalten hat. Als sie ihn daraufhin zärtlich in den Arm nimmt, sinken die beiden eng umschlungen auf ein gepolstertes, seidenes Bett. Willehalm hat seine Schmerzen, seinen Zorn und Tibalt draußen schnell vergessen, so weich und zart ist Giburgs Haut und so stark ist ihr gemeinsames Verlangen.

Doch kaum ist es gestillt, kommen Giburg die furchtbaren Verluste wieder in den Sinn. Tröstend legt sie seinen Kopf auf die Brust. Auf ihrem Herzen schläft ihr Geliebter schließlich erschöpft ein.

Giburg bleibt hellwach und wendet sich verzweifelt an ihren Heiland: »Hab' Erbarmen und lass' mich lieber sterben, jetzt, da mich mein Vater so grausam heimgesucht hat. Warum hast Du nicht mich zu Dir genommen, dafür aber meinen schönen, geliebten Vivianz? Nichts kann mich mehr treffen als sein Tod! Auch mein herrlicher Freund ist beraubt und leidet unter seiner Entbehrung. Wieviel hohen Ruhm hab' ich verloren, die Treue so vieler Helden, die ich gefunden habe, seit ich mein Heimatland verließ. Dazu hatte Tibalt nicht das Recht!«

Die Königin vergießt so viele Tränen, dass die Wange des Markgrafen ganz nass wird und er davon erwacht. Selbst von allem Glück verlassen, versucht er seine geliebte Frau zu trösten: »Du wirst bestimmt von deinem Leid erlöst. Der Allmächtige hat mich schon oft aus der Not gerettet. Wenn er mich jetzt sicher durch das feindliche Heer führt, komme ich bestimmt bald wieder zu dir zurück, um dich zu befreien.«

Willehalm ergreift Giburgs Hände und sieht ihr direkt in die Augen. »Sag' mir bei deiner Frauenehre: Soll ich zu ihnen reiten oder lieber hier bleiben? Ich werde deiner Entscheidung folgen, gleichgültig welcher – ich bin dein Diener, seit du mich gnädig erhört hast.«

Giburg lächelt freudig, zögert aber nicht mit ihrer Antwort: »Du kannst die Heiden nicht allein bekämpfen, du musst Hilfe holen! König Louis und deine Verwandtschaft werden zeigen müssen, ob sie ihren Ruhm zurecht verdienen. Ich bleibe hier und verteidige Orange – solange, bis die Franzosen kommen oder, wenn nötig, bis in den Tod.«

Inzwischen ist es Nacht geworden und erst jetzt beginnt der Markgraf damit, ein bisschen von dem zu essen, was ihm die Edelfräulein auftragen. Als er fertig ist, lässt er sich die Rüstung zusammen mit all seinen Waffen wieder rasch anlegen.

Er ist nicht weit gegangen, als ihn die Königin noch einmal umarmt und bittet: »Verrate mich Arme nicht und behalte deine Ehre! Ich mache mir nichts vor, so manche Frau würde dir nicht nur ihren Ruf, sondern auch ihr Leben opfern. Sei so gütig und vergiss' nicht, was ich für dich durchgemacht habe. Wenn dir die schönen Französinnen für deinen Minnedienst ihre Liebe anbieten, dann denk an deine Treue! Und wenn dir jemand erzählt, dass man mich doch nicht befreien kann, glaube ihm nicht! Führe nur die hierher, die kühn genug sind, zu kämpfen. In Arabien nannte man mich die Herrin aller Fürsten, Freund und Feind priesen meine Schönheit. Sicher werde ich dir auch dann noch gefallen, wenn uns das Unglück endlich verlässt.«

Willehalm schwört ihr, nicht mehr froh zu sein, bis er sie mit Hilfe seiner Freunde wieder befreit hat. Außerdem verspricht er, bis dahin nichts als Brot und Wasser zu sich zu nehmen, so sehr man ihn auch zu locken oder zwingen versuche. So lässt ihn Giburg unter Tränen gehen. Nachdem man leise das Tor geöffnet hat, wird ihm sein Pferd Volatin gebracht und er reitet hinaus.

Trotz der zahlreichen Wachposten, die sich überall aufhalten, kommt der Markgraf unbehelligt davon. Wieder helfen ihm Arofels Rüstung und die Sprache der Sarazenen, nicht aufzufallen. Viele, die ihm entgegen reiten, rufen sich zu: »Seht, das ist der König von Persien!«

Unerschrocken sucht und findet er eine Straße, die er kennt – sie führt ihn geradewegs ins Land der Franzosen.

So unschuldig wie ein Wolf

in den Schafstall sieht

{erzählt mir die Geschichte},

schaute da der Markgraf.

Buch III

ein wolf mit alse kiuschen siten

in die schâfes stîge siht

{des mir diu âventiure giht}

als dô der marcrâve sach.

Giburg ist umzingelt

Fünf ganze Tage dauert es, bis der Aufmarsch der Sarazenen vor Orange beendet ist. Auch später noch rücken Nachzügler an, darunter viele Trauernde, die ihre Herren und Verwandten verloren haben. Sie werfen ihren Feinden vor, die Ehre ihrer Götter Apoll, Tervagant und Mohammed geschändet zu haben. Sogar der kampferfahrene Terramer muss immer wieder nachfragen, was sich genau in der Schlacht zugetragen hat – nicht alles hat er selbst beobachten können. Niemals zuvor, so scheint es, hat es ein so verheerendes Gefecht auf der Erde gegeben.

In vielen verschiedenen Sprachen beklagen die Sarazenenritter den großen Arofel von Persien, aber auch andere wie Tesereiß, Pinel, Paufameiß und Naupatris, der so gut und freigebig war. Als sie die traurigen Verluste überblicken, vermissen sie mindestens dreiundzwanzig Könige, die gefallen sind, sowie unzählige Fürsten, Emire und viele andere kleinere Befehlshaber und Soldaten. Terramers Schmerz ist unsagbar groß.

Traurig schwört er vor seinen Anhängern Rache: »Wer behauptet, dass ich mächtig bin, täuscht sich, auch wenn mir die ganze Heidenwelt dient. Zum ersten Mal muss ich bekennen, dass der Christengott große Wunder tun kann. Auch ich wäre fast von einer Handvoll Ritter vernichtet worden, gerade in dem Moment, als ich den Verrat meiner Tochter gerächt habe. Auf meine Götterbilder habe ich da geschworen, dass nie wieder eines meiner Kinder die Taufe empfangen soll – um dieses Jesus willen, der selbst das Kreuz getragen hat, an das man ihn mit Nägeln durch seinen Leib geschlagen hat!«

Unwillig schüttelt der Großkönig seinen Kopf. »Es ist doch absurd, zu glauben, dass er gestorben und von den Toten auferstanden ist! Und dass er drei und trotzdem einer ist. Solange ich meinen alten Glauben habe, wird er an mir keinen Nachfolger finden. Sicher, er hat gute Ritter – das hat schon damals mein Onkel Baligan zu spüren bekommen, der gegen Kaiser Karl gekämpft hat, und der ihm sein ganzes Heer vernichtet hat. Doch nun ist, weiß Gott, mein Aufgebot gewaltiger, und noch mehr Länder stehen an meiner Seite. Ich werde Arabel unerhörten Qualen aussetzen und einem Tod in Schimpf und Schande, so dass es für Jesus eine Schmach sein wird. Von ganzem Herzen will ich das!«

Alle, die gekommen sind, stimmen ihm zu und drängen darauf, Orange, so bald es geht, im Sturm einzunehmen und zu brechen.

Doch die Kampfmoral der Eingekesselten ist ausgezeichnet, auch wenn sich die Feinde vor den Stadttoren angriffslustig gebärden. Inzwischen wissen sie, dass es der Markgraf unversehrt durch das feindliche Heer geschafft hat. Giburg will für ihren Vater weder Orange noch ihr eigenes Leben aufgeben. Sie weiß, dass Terramer sie töten lassen, und ihre Leute mit Gewalt zu seinem Glauben bekehren will.

Eines Nachts tritt Terramer vor das Stadttor, um mit Giburg persönlich zu sprechen. Als sie oben auf den Zinnen erscheint, bietet er ihr ohne Umschweife drei »Ehrungen« an, aus denen sie als echte Landesverräterin wählen soll: auf den Grund des Meeres zu sinken mit einem schweren Stein um den Hals, mit Haut und Haar zu Staub verbrannt, oder von Tibalt eigenhändig an einen Ast aufgeknüpft zu werden ...

Auf diese Auszeichnungen kann Giburg gut verzichten: »Ein wohlerzogener Gast ist höflich zu seiner Wirtin«, weist sie ihren Vater zurecht. »Was denkst du dir eigentlich, dass du mich zwischen Spielen wählen lässt, die ich nicht kann und auch nicht will? Warts ab, ich werde besser würfeln als du. Die Augen, die ich werfe, sollen die Franzosen für mich zählen – die erlauben nicht, dass man mich übertrumpft!«

Als schon der neue Tag anbricht, werden die Sarazenen langsam unruhig. »Wo ist der Markgraf?«, fragen sie immer wieder zur Burg hoch. »Der hat sich vorgenommen, für mich hier vor diesen Toren ein Turnier zu veranstalten!«, ruft die Königin streitlustig. »Dann wird man sehen, wer von euch das Feld behaupten und den Minnelohn erhalten wird. Seine Verluste sind noch längst nicht wettgemacht. Ihr verfluchten Sarazenen und Verwandten, eine schwere Zeit erwartet euch! Ihr bietet mir drei Tode an, dabei steht euch selbst ein doppelter Tod bevor, das Ende eures kurzen Lebens und eine gefangene Seele, aus der euch auch euer Gott Tervagant nicht retten kann – der weiß nämlich, dass ihr Narren seid!«

Als Terramer einsieht, dass seine Tochter nicht nachgibt und im Moment kein noch so harter Sturmangriff Orange bezwingen kann, ändert er seine Strategie. Er lässt von allen Seiten die verschiedensten Belagerungs- und Steinschleudermaschinen aufbauen, sowie alle möglichen Waffen vorbereiten.

Als es soweit ist, reicht ein kurzer Angriff und der größte Teil von Giburgs kleinem Heer liegt tot auf dem Wehrgang. Der Gedanke an ihren geliebten Markgrafen gibt der Königin jedoch unverhoffte Kraft. Mutig greift sie zu einer List. Sie lässt jedem Toten einen Helm aufschnallen und stellt alle Schilde, die sie finden kann, gemeinsam mit den leblosen Körpern auf den Zinnen auf …

Der uneinsichtige Zolleinnehmer

In der Zwischenzeit hat Willehalm den langen Weg nach Orléans unbeschadet überstanden. Bewusst meidet er die guten Viertel und steuert ein einfaches Nachtquartier in einer schmutzigen und verrufenen Gasse der Vorstadt an. Mit Volatin reitet er zu einem Häuschen, in dem sein Pferd kaum aufrecht stehen kann. Sein ganzer Stolz und seine vergangene Freude sind dahin. Willehalm versorgt Volatin und ist dem Wirt ein vorbildlicher Gast, nimmt in der Herberge aber nichts als Brot und Wasser zu sich.

Als er am frühen Morgen aufbrechen will, begegnet er auf der Straße einem königlichen Beamten, der ihm ohne Grund einen Wegzoll abverlangen will. Der Markgraf sieht nicht ein, warum er das geforderte Geld zahlen soll: »Ich führe keine Handelswaren mit«, erklärt er, »und wie Ihr seht, bin ich ein Ritter. Solltet Ihr feststellen, dass ich das Land geschädigt habe, dann lasst mich ein Bußgeld zahlen. Aber Ihr werdet nichts finden. Ich habe die Felder längs der Straße nicht betreten, und der normale Weg ist ja wohl für jeden da. Auch für mich und mein Pferd habe ich alles bezahlt, was wir verbraucht haben.«

Doch der schlecht gelaunte Richter hat Willehalm mit seinen Leuten schon eng umstellt. Auf seinen Wink hin kommt jetzt auch noch von allen Seiten die Bürgerwehr bedrohlich nah herangeritten.

»Ihr sollt mir so viel Wegzoll zahlen, dass es Euch weh tut!«, höhnt der Zolleintreiber und befiehlt, Willehalm am Zaum seines Pferdes festzuhalten. Der hat jetzt endgültig genug. »Dieses Pferd«, ruft er warnend, »trägt keine andere Last als mich und meinen Schild, und dabei bleibt es!« Kaum hat er dies gesagt, zückt er sein Schwert und der Amtsmann ist um einen Kopf kürzer.

Mit großem Geschrei dreschen dessen Anhänger nun ihrerseits auf den Markgrafen ein, aber der lässt sich so lange nichts bieten, bis die Meute vor ihm flieht und Platz macht. Schon läuten die Bürger der Stadt Sturm und bilden einen Verfolgungstrupp. Doch Willehalm ist bereits auf das freie Feld getrabt und wartet ihren Angriff ab.

Als ihn seine Verfolger erreicht haben, dreht er plötzlich um, und die Leute weichen erneut zurück. Er treibt sie bis zum Burgtor in die Stadt zurück, wo sie glauben, Schutz zu finden. Aber er jagt sie weiter, wieder zurück zu den Stadttoren, durch die sie panisch an allen Seiten nach draußen fliehen. Nachdem Willehalm einem von ihnen die Lanze abgenommen hat, sie aber ansonsten verschont, haben sie von dem Kampf mit ihm genug. Die gesamte Bürgerwehr zieht sich wieder in die Stadt zurück, während der Markgraf schon weiter in Richtung Laon davonreitet.

In der Stadt herrscht immer noch Aufruhr, als ihr Graf von den Rufen draußen wach wird. Es ist Ernalt von Gironde, einer der Söhne des Grafen von Narbonne. Sofort weckt er seine Ritter, die vor seinem Bett noch im tiefen Schlummer liegen. Kaum sind die Männer auf den Beinen, meldet sich schon die Frau des Richters zum Besuch an.

Sie wirft sich vor Ernalt auf den Teppich nieder und schildert ihm wehklagend ihr großes Leid: dass ihr Mann von einem Kerl erschlagen worden sei, der den Wegzoll nicht habe zahlen wollen. Und dass dieser Schuft nicht nur die ganze Bürgerwehr abgewehrt habe, sondern auch noch als freier Mann wieder davongeritten sei.

»Wer mag das sein, der Euch mit Gewalt einen solchen Schaden zugefügt hat?«, antwortet Graf Ernalt nachdenklich. »Madame, wäre es ein Kaufmann gewesen, dann hätte er um seinen Schutz nachfragen und das Zollgeld zahlen müssen.«

Nun ergreifen andere, die die Frau des Zolleinnehmers begleitet haben, eifrig das Wort: »Seine Rüstung war zwar reichlich abgenutzt, aber noch nie hat man bei uns so einen kostbaren Waffenrock gesehen! Er leuchtete wie die Sonne, ebenso wie sein

Umhang und sein Schild. Außerdem rief er ›Munschoi!‹, als er uns in die Stadt zurück trieb.«

Der Graf ist sofort aufgebracht, als er das hört: »Ihr Unseligen! Ihr wolltet einen Ritter wie einen Kaufmann behandeln! Warum sollte denn ein Ritter Wegzoll zahlen? Und wenn er euch alle umgebracht hätte, würde es mir nicht leid tun! Trotzdem muss ich ihn wohl oder übel verfolgen – für den König, der mit meiner Schwester verheiratet ist.«

Rasch wird Ernalt die Rüstung angelegt und seinem Gefolge mitgeteilt, ebenfalls so schnell es geht zu den Pferden zu kommen – sie wollen den Markgrafen als Pfand zurückhalten.

»Meine Herren, wer auch immer dieser Mann ist, er führt den Kriegsruf unseres Königs«, bemerkt Ernalt ärgerlich, als alle zusammen sind. »Schon Kaiser Karl ist mit dem Ruf in seine Schlachten gezogen. Er hat ihn seinem Sohn vererbt und auf ihn übertragen. Er steht nur dem zu, der dafür seine Marken hütet und sein Reich verteidigt. Der, den wir jagen müssen, glaubt wohl, er könnte uns mit diesem Trick überlisten – aber wir setzen uns auf seine Spur, egal, wohin er flieht!«

Mit diesen Worten prescht der Graf als erster los. Ein großer Tross folgt ihm auf dem Pferd oder zu Fuß, fast alle Bürger haben sich mit Stecken und Stangen bewaffnet. Ernalt ist den anderen schnell ein großes Stück voraus. In der Ferne sieht er den Markgrafen reiten. Doch als ihn dieser herannahen hört, ergreift er nicht die Flucht – diesen Gefallen will der Markgraf seinem Verfolger nicht tun, im Gegenteil. Er wirft Volatin herum und stürmt dem unbekannten Ritter im schönsten Galopp entgegen. Der macht es ihm auf der Stelle nach und beide prallen mit solcher Wucht aufeinander, dass ihre Lanzen brechen.

Graf Ernalt ist im hohen Bogen hinter sein Pferd gestürzt – das ist ihm bisher nur selten passiert. Am liebsten hätte ihn der Markgraf gleich erschlagen, so wütend ist er. Doch er reißt sich zusammen und fragt den Unterlegenen ritterlich nach seinem Namen.

Der antwortet daraufhin wahrheitsgemäß: »Ich bin Graf Ernalt. Wer seid Ihr, der Ihr mich hier vom Pferd geworfen habt? Das hat Euch für immer Ruhm gebracht.«

»Willehalm, der Markgraf bin ich«, sagt er freudig überrascht, »dein Bruder! Schluss also mit dem Kämpfen!«

Willehalm fängt Ernalts Pferd ein, um es ihm zurück zu bringen. Sein Bruder will ihn sofort glücklich auf das Gras hinunterziehen, um ihn herzlich zu küssen. Aber Willehalm wehrt ab: »So leid es mir tut, ich kann nicht! Ich wäre lieber tot als lebendig ... den einzigen Kuss, der mir erlaubt ist, habe ich bei Giburg auf Orange gelassen. So lange sie dort in solchen Ängsten leben muss, wird mich kein Männer- und Frauenmund berühren. Aber welch wunderliche Dinge mir Gott trotz meiner schweren Sorgen beschert! Als ich zum Tjoste auf dich zuritt, habe ich mit mir selbst gekämpft.«

»Ja, ohne es zu ahnen, haben wir uns selber nachgestellt«, stimmt Ernalt zu. »Wir gehören zusammen: Mein Herz war immer deins, dein Herz soll immer meins sein! Lass' mich hören, was ist mit Giburg, was fehlt der Lieben? Kann ich ihr helfen? Jeder edle Franzose sollte ihr helfen! Wer ihr dient, dient Gott und dem Ansehen unseres Landes, schon allein deshalb, weil sie sich zum Christentum bekehrt hat. Du hast schon teuer für ihre Liebe bezahlen müssen. Sind denn die Jungen, die sie großgezogen hat, jetzt in der Not bei ihr?«

Traurig schüttelt der Markgraf seinen Kopf. Er muss ihm sagen, dass Mile und Vivianz gefallen sind, muss ihm von der Schlacht auf Alischanz erzählen, von der Belagerung Oranges und davon, was er seitdem an Gefahren und Ängsten durchlitten hat.

»Meine armen Neffen!«, sagt Ernalt danach unter Tränen. »Ich werde alles tun, was ich kann, damit unsere Verluste nicht noch größer werden. Es wäre eine Schande für unsere ganze Verwandtschaft, wenn man dir Giburg nehmen würde! Sag' mir, wo und wann dein Heer sich sammelt und beeil' dich, um so viel Unterstützung wie möglich zu bekommen! In drei Tagen trifft sich ganz Frankreich zum Hoftag in Laon. Der König hat unsere Eltern dazu ausersehen, seinem Fest den rechten Glanz zu geben. Vier von unseren Brüdern kommen mit unserer Mutter Irmschart mit. Die meisten wird wahrscheinlich Vater mitbringen. Sieh' es als großen Glücksfall: Du triffst dort viele von den Fürsten – berichte ihnen über alles, was du verloren hast. Ich werde vorreiten oder dir nachkommen. Aber begleite mich doch vorher in die Stadt zurück und lass dich erst einmal baden und neu kleiden!«

»Nein, wir müssen uns sofort trennen«, antwortet Willehalm bestimmt. »Sollte ich jemals wieder glücklich sein, dann hätte ich einen Grund, mich auf das Fest zu freuen. Hoffentlich legt die Königin ein gutes Wort für mich beim König ein – das wäre wahrlich schwesterlich gehandelt. Unseren Brüdern und Verwandten werden die Verluste auf Alischanz sicher sehr leidtun. Tu was du gesagt hast, um Giburg zu retten, und sammle alle deine Freunde um dich!«

Willehalm zieht weiter und Ernalt reitet tieftraurig wieder zur Stadt zurück. Der Tod der beiden Neffen macht ihm schwer zu schaffen. Auf dem Weg kommen ihm die Verfolger Willehalms entgegen. Als Ernalt sie aufhalten will, verstehen sie nicht, warum: »Was habt Ihr vor? Der Mann wird uns entkommen! Wenn Ihr nicht mit ihm kämpfen wollt, wieso lasst Ihr ihn uns dann nicht weiter jagen?«

»Es ist Markgraf Willehalm, mein Bruder«, klärt sie der Graf auf. »Ich lasse nicht zu, dass er auf unserem Boden erschlagen wird! Er ist kein Fremder, auch wenn die Bürger Orléans nicht wussten, was sie ihm eigentlich schuldig waren. Wie die Torheit doch denen schadet, die sich ihr unterwerfen! Wer sich auf Ritterschaft versteht, wäre nie darauf gekommen, einen Wegzoll von ihm zu fordern.«

Diejenigen, die nah bei Ernalt stehen, bemerken, dass er weint. Auf ihre Fragen hin erzählt er ihnen, dass er selbst dreizehn Verwandte auf Alischanz verloren hat, und wie es mit Willehalm und Giburg steht: »Auch ohne uns ist das Unglück meines Bruders schon groß genug. Seine Leute sind gefallen, außerdem wird seine Frau belagert. Er weiß nicht, wie lange sich Orange noch halten kann, oder wer es befreien soll – das weiß nur Gott allein.«

Der Graf tut, was er kann. Sofort sendet er viele Boten aus, die er zu seinen Vasallen und Verwandten schickt. Auch sein Bruder Willehalm eilt weiter, bis er am Abend bei einem Kloster ankommt, wo er rasten will. Die Mönche kennen ihn nicht, aber versorgen ihn gut. Sie sehen, dass er einen reichen, ausländischen Schild und einen mit Edelsteinen besetzten Waffenrock trägt, der ebenso kostbar gearbeitet ist wie sein Umhang, und lassen ihn in Ruhe.

Willehalm ist so erschöpft, dass er sich sofort hinlegt und die ganze Nacht durchschläft. Als er wieder wach ist, macht er sich ohne große Umschweife reisefertig. Er überlässt Arofels Schild den Mönchen zur Aufbewahrung und besteigt erneut den schönen Volatin – er will, so schnell es geht, an den Hof von Laon.

Die Ankunft in Laon

In der Stadt, die auf einem mächtigen, felsigen Berg gebaut ist, sind bereits Scharen von Franzosen und Bretonen, Engländern und vornehmen Burgunden eingetroffen. Aus deutschen Landen sind Flamen und Brabanter da, sowie der Herzog von Lothringen. Weil er weiß, dass er bei dem Gedränge so bald zu keinem guten Wirt kommen wird, reitet Willehalm direkt zum Hof des Königs.

Doch niemand hier macht Anstalten, ihm Zaumzeug und Pferd abzunehmen oder ihm seine Dienste anzubieten. Schlimmer noch, keiner von den vielen Leuten beachtet ihn überhaupt – er wird von allen geschnitten. Willehalm ist zu stolz, um Hilfe zu bitten, und reitet in den Schatten eines Ölbaumes und einer Linde. Doch kaum ist er angekommen, entfernen sich alle, die bisher dort gelegen und gesessen haben, im weiten Umkreis von ihm.

Schweigend hält Willehalm das Zaumzeug in der einen Hand, während er damit beginnt, sich den teuren Helm vom Kopf zu binden. Er spürt, wie er von der ganzen Hofgesellschaft angestarrt wird, sogar von den Damen aus der Burg. Dass er im Harnisch ist, scheint der Hauptgrund zu sein, warum alle so befremdet sind. Unerhört, murren sie, sei es, derart bei einem Fest aufzutreten, obwohl doch gar kein Turnier angesetzt sei – und selbst wenn, dann hätte er seine Rüstung doch wohl auf einem Lasttier transportieren können ...

Unbeeindruckt von dem Getuschel fährt Willehalm fort, seine Sachen abzulegen. Er befreit sich vom Kopfschutz, den er sogleich zurückstreift – schmutzig ist seine Haut, wirr seine Haare, und ungepflegt ist sein Bart.

Dem König wird umgehend Meldung von dem ungebetenen Besuch gemacht: »Keiner von uns hat eine Ahnung, wer der Fremde ist. Sein Harnisch ist dreckig und verschmiert vom Rost, und er schaut ziemlich wild umher. Aber was er darüber trägt! Solche glänzenden Waffenkleider hat noch nie jemand gesehen und wie seine Seidenstoffe heißen, weiß kein echter Christ. Auf seinem Pferd liegt auch heidnisches Reitzeug ... Er würde besser in eine Schlacht passen als hier zum Tanz! Wahrscheinlich kommt er sogar aus einem Kampf, so wie er aussieht. Sicher ist er kein Franzose. Woher er auch kommen mag, er benimmt sich wie ein Fremder.«

Auch der König und die Königin sind nicht gerade erfreut über die Ankunft des unbekannten Ritters. Sie beschließen, ihn erst einmal von den Fenstern aus zu beobachten und abzuwarten, was er vorhat.

Kurz darauf ist Willehalm vor das Haupttor gelangt und zwingt sich zu einem gewinnenden Lächeln. Als ihn die Königin erblickt, erklärt sie ihrem Mann: »Den wir dort unten vor uns sitzen sehen, ist wohl mein Bruder Willehalm, Herr. Jedem hier in Frankreich hat er schon viel Grund zum Klagen gegeben mit seinen Kriegen. Jetzt will er sicher wieder ein neues Heer, das mit den Heiden kämpfen soll, für Königin Giburgs Liebe. Ich möchte ihn nicht hier drinnen sehen. Keiner soll hinausgehen, schließt die Tür fest ab, damit man ihn von der Schwelle abweisen kann!«

Auf den Befehl der Königin hin werden die Tore direkt vor Willehalm geschlossen. Einsam steht er da und hält sein Pferd fest – die meisten ahnen immer noch nicht, wer er ist und gehen ihm weiter aus dem Weg. Doch er hat sich bis jetzt auch keine Freunde gemacht, so abweisend, wie er sich den Ankommenden gegenüber verhalten hat.

Einem Kaufmann aus der Stadt, der seinen Weg kreuzt, tut der verlassene Fremde leid. Höflich bittet er ihn, mit ihm zu kommen: »Ihr habt sicher Schlimmes durchgemacht! Egal, woher Ihr kommt, die Ritter hätten Euch freundlicher empfangen müssen. Schenkt mir Euer Vertrauen, damit ich Euch dienen darf – für mich wäre es eine große Ehre und ein ebenso großer Gewinn.«

Wimar heißt der Kaufmann, der selbst von ritterlicher Abstammung ist. Willehalm ist erleichtert: »Ich freue mich über Euer

Angebot und ich werde es wieder gut machen, sobald ich kann. Sie haben den Hof geschändet, indem sich keiner um mich gekümmert hat, bis Ihr mich in Eurer Güte freundlich angesprochen habt. Ich habe allen Grund, verstimmt zu sein – schließlich kenne ich hier viele, die sich früher gerne vor meiner Hand verneigten und aus ihr Geschenke entgegen nahmen. Geht nur voraus, ich folge Euch nach!«

Doch das lässt der Kaufmann nicht auf sich sitzen: »Ihr sollt reiten und ich werde gehen. Und wenn ich wochenlang hier stehen muss!«

Jetzt muss auch der Markgraf protestieren: »Ich wüsste nicht, was sich gehört, wenn ich Euch als meinen Knappen behandeln würde. Lasst mir meine Höflichkeit! Ich folge Euch mit Recht zu Fuß, denn ich bin nichts Besseres als Ihr.«

Aber der Kaufmann bleibt hartnäckig, der Markgraf muss sich auf sein Pferd setzen und mit ihm vorausreiten. Ganze Horden von Kindern schließen sich Willehalm an. »Mit wem wollt ihr denn kämpfen, holder Ritter?«, rufen sie lachend. Doch der Markgraf versteht keinen Spaß, und die Kinder schauen, dass sie schnell wieder davonkommen.

Als die beiden beim Haus des Kaufmanns ankommen, werden dem müden Markgrafen sofort sein Pferd und seine Rüstung abgenommen. Der Hausherr versucht, es dem hohen Gast mit weichen Daunenkissen und kostbaren Decken auf dem Teppich so bequem wie möglich zu machen. Aber Willehalm will das Angebot nicht annehmen. Stattdessen bittet er den Kaufmann, ihm Gras zu bringen: »Erlaubt mir, dass ich mich darin wälze wie ein Rind. Wenn ich auch als Mensch geboren bin, so muss in der Stunde meiner Geburt doch ein Fluch auf der Welt gelegen haben. Gastfreund, ich bin kein Herr. Mein Verlust hat etwas anderes aus mir gemacht.«

Den Hausherren schmerzt es sehr, dass er so betrübt ist, auch wenn er den Grund seiner Trauer noch nicht kennt. Während er nun viel grünes Gras und frischen Klee für den Markgrafen holen lässt, bedauert er immer wieder, dass er ihm kein besseres Lager verschaffen darf.

Inzwischen hat der Kaufmann die besten Speisen und Getränke gebracht, die er aufbieten kann. Vornehm und höflich trägt er sie Willehalm an einem eigenen Tischchen auf. Doch der Markgraf bittet bloß um Brot und Wasser und lässt alles stehen: den feinen, gebratenen Pfau, angerichtet mit der besten Soße, die der Hausherr jemals gekostet hat, den Fasan, die Rebhühner, den in Wein und Kräuter eingelegten Fisch und vieles andere mehr.

Es klingt ehrlich verzweifelt, als der Hausherr sagt: »Wenn es in diesem Land eine bessere Speise für Euch gäbe, ich würde reichlich davon geben! Sagt mir doch, ob Ihr etwas anderes wünscht, ich werde es gleich besorgen.«

»Lieber Gastfreund«, seufzt Willehalm, »ich kann einfach nicht mehr froh sein bis zu dem Tag, an dem ich mit Gottes Hilfe mein Gelübde aufheben kann. Bis es soweit ist, werde ich in Not und Armut leben. Ich bin Willehalm, der Markgraf der Provence. Ich habe hochgeborene Verwandte verloren und teure Vasallen, außerdem habe ich meine Frau in großer Gefahr zurücklassen müssen. Mein Herz ist dort bei ihr. Hier ist, von aller Freude getrennt, nur mein Leib. Fragt bitte nicht weiter.«

Bewegt entgegnet ihm Wimar: »Ich bin glücklich, dass Ihr in mein Haus gekommen seid. Die Adligen, die Euch nicht empfangen haben, werden sich deswegen noch schämen. Nehmt gnädig meinen bescheidenen Dienst an, denn er kommt von Herzen. Ich leide mit Euch, bis Ihr wieder froh sein könnt, so wahr ich ein Christenherz habe.«

Mit diesen Worten hört er auf, in ihn zu dringen und besorgt harte Brotfladen und pures Wasser, das der Markgraf hungrig isst und trinkt. Als sich Willehalm auf sein karges Nachtlager gelegt hat, wünscht ihm der Hausherr Gute Nacht und lässt den von Sorgen geplagten Mann allein.

Einst vom Glück verwöhnt, erscheint Willehalm jetzt alles wie ein schlechter Traum. Wie konnten sich die Edelleute hier nur so von mir abwenden, denkt er erbost. Es ist eine Schande für sie! Wenn ich den nächsten Morgen erlebe, will ich ihnen solches Leid zufügen, dass selbst die Kinder und Kindeskinder noch davon sprechen werden! Willehalm ist so aufgewühlt, dass er bis zum Morgen kein Auge zudrücken kann. Seine Rüstung und Arofels schimmerndes Schwert liegen schon griffbereit neben ihm. Als er gerade die Beinschützer aus Eisen überzieht, klopft sein Gastwirt an der Tür und fragt ihn, was er nun vorhabe.

»Seht selbst!«, antwortet ihm Willehalm entschlossen. »Ich wappne diese Beine. Auch werde ich diesen Harnisch anlegen, damit ich mich vor Stichen und Schlägen besser schützen kann. Ich halte mich für zu edel, um in einer solchen Schmach zu leben!«

Der Markgraf bittet den Kaufmann, nachzusehen, ob sein Harnisch hinten auch richtig sitzt.

»Herr, er sitzt bestens«, bestätigt dieser. »Aber es tut mir leid, mitansehen zu müssen, wie Ihr in solche unbequemen Sachen schlüpfen müsst. Wenn Ihr wollt, kann ich Euch Kleider geben, von denen man in ganz Frankreich keine besseren findet.«

»Nein«, entgegnet ihm der Markgraf mit düsterem Blick. »Ich bleibe bei dem, was ich Euch gestern schon gesagt habe: Ihr seid sehr freundlich zu mir. Wenn ich am Leben bleiben sollte, werde ich es wieder gut machen. Dieses Schwert wird dem König durch den Schädel bis zum Bart fahren, und das in Gegenwart der Fürsten! Nach all der Not und dem Verlust habe ich von ihm nur Spott und Hohn geerntet. Euch allein darf ich das wohl sagen!«

Dem Hausherren wird derart angst und bange, dass er vor ihm auf den Boden sinkt und sich nichts mehr zu sagen traut. Willehalm ist jetzt fertig gerüstet. Er geht zu Volatin, der bereits gesattelt und gestriegelt auf ihn wartet. Noch einmal verspricht der Markgraf dem Kaufmann, sich für alles erkenntlich zu zeigen und reitet ohne zu zögern genau dorthin zurück, wo er gestern vor dem Königshof so elend und allein stehen gelassen wurde.

Willehalm sorgt für einen Skandal

Die Sonne steht bereits hoch am Himmel, als sich auf dem Hof in Laon eine große Menge berittener Gäste angesammelt hat. Ungeduldig und mit finsterem Blick bindet Willehalm sein Pferd an den Ast eines Ölbaums, bereit, ihnen nachzugehen und sich mit dem König anzulegen.

Wenn ich den Feigling sehe, wird er von mir erschlagen!, jagt es Willehalm durch den Kopf. Aber selbst wenn mich seine Leute danach am Leben lassen, werden mir die Fürsten doch nicht helfen. Was passiert, wenn all mein Werben erfolglos bleibt? Dann kann ich mein Versprechen an Giburg nicht halten. Ich will auf meinen Vater warten, so sehr mich die Ungewissheit auch quält. Ich werde sehen, ob er sich wie ein Vater verhält! Meine Brüder und Verwandten werden mir bestimmt auch helfen ...

Unterdessen ist Kaufmann Wimar herangeeilt und stiehlt sich an Willehalm vorbei. Ungeduldig schiebt er sich im Gedränge vor und hastet nach oben in den Versammlungssaal. Kaum ist er angekommen, verkündet er allen laut und deutlich, wer der edle Ritter wirklich ist.

Erfreut laufen viele der Edelleute von der Freitreppe hinunter, um Willehalm zu begrüßen. Doch der hält sie mit grimmiger Miene zurück: »Ihr habt gestern bewiesen, wie schäbig ihr seid! Ihr habt mich hier alleine sitzen lassen, obwohl ihr doch immer mit meiner Hilfe rechnen konntet. Hätte ich euch Gold, Brokat und Seide mitgebracht, ihr wäret mir sicher alle sehr gewogen gewesen. Oder ein paar von den zahlreichen, guten Pferden aus meiner Mark – dann hätte es ein großes Gedränge um mich gegeben. Ein Hof wie dieser soll verflucht sein, wenn er einen Fürsten so unwürdig empfängt! Ihr glaubt wohl, dass ich am Ende meiner Kräfte bin, aber ich habe noch ganz anderes vor!«

Erschreckt und beleidigt weichen die Edelleute zurück. Mit seiner zerschundenen Rüstung und den durchlöcherten Kleidern steht Willehalm bald ganz alleine da – das hat er bisher noch nicht erlebt.

Inzwischen ist das römische Königspaar von der Messe in den Versammlungssaal zurückgekehrt, wo sich bereits viele der Fürsten versammelt haben. Willehalms Erscheinen wird nicht nur mit Unwillen, sondern auch mit Angst quittiert. Sein Schwert, das schon einsatzbereit am Gürtel hängt, reißt er gerade entschlossen nach vorne über die Knie – so, wie es die Richter zu tun pflegen, wenn sie zu Gericht sitzen. Alle im Saal sind empört über diese herausfordernde Geste. So mancher wünscht sich den Störenfried weit, weit weg, oder gleich ganz zum Teufel.

Jetzt wird viel untereinander geredet: dass ihm die Heiden in Orange wahrscheinlich wieder mal zu nah auf den Pelz gerückt sind und er wahrscheinlich ein Heer verloren hat. Einer befürchtet, dass es heute noch ein Blutbad gibt, es sei denn, man verspreche dem Markgrafen hoch und heilig, ihn in jedem Fall zu unterstützen und eine Heerfahrt für ihn zu organisieren. Vielleicht, fragt sich ein anderer, sollte ihm der König einfach ein anderes Lehen als Ersatz für Orange geben, damit er endlich Ruhe gibt?

Das Gerede verstummt, als Willehalms Eltern, Irmschart von Pavia und Heimrich von Narbonne, in den Saal schreiten, begleitet von ihren vier Fürstensöhnen Bertram, Buove, Gibert und Herzog Bernhard, sowie tausenden von Rittern.

Die Kämmerer haben mit ihren Stäben alle Mühe, Platz für den Durchgang der alten Dame zu schaffen, die zuerst ankommt. Mit einem Kuss begrüßt König Louis seine Schwiegermutter, ebenso die Königin, die sich freut, ihre Mutter wieder zu sehen. Sie bittet sie, sich neben sie zu setzen.

Der Einzug des ergrauten Fürsten Heimrich ist besonders eindrucksvoll. Zum Zeichen seiner Macht trägt ihm ein Baron sein Schwert voran, dem viele edle Ritter folgen. Der König erhebt sich, um Heimrich zu begrüßen, und führt ihn an der Hand zu seiner Frau, die ihn ebenfalls mit einem Willkommenskuss empfängt. Danach bietet der König Heimrich den Platz neben sich an. Auch die Söhne Heimrichs sind von den anderen Fürsten inzwischen in ihre Reihen aufgenommen worden.

Alles geht sehr manierlich und leise vor sich. Um unnötigen Lärm zu vermeiden, hat man den ganzen Festsaal mit Teppichen ausgelegt und handhoch mit frischen, taubedeckten Rosen bestreut. Die Schönheit der Blumen wird bald mit Füßen zertreten, aber ihr zarter Duft, der den Raum dabei erfüllt, ist wunderbar.

Willehalm sitzt immer noch versteinert auf seinem Platz. Niemand hat weiter Notiz von ihm genommen, nicht einmal die, die standesgemäß dazu verpflichtet gewesen wären. Er schweigt, doch in seinem Kopf fliegen die Gedanken nach wie vor wild durcheinander. Schon lange habe ich keine solche Freude mehr gesehen wie hier, denkt er bei sich. Hoffentlich werde ich eines Tages ebenfalls wieder solche Feste feiern können ... fast meine gesamte Verwandtschaft sitzt hier und die Frau, die mich geboren hat – ich nehme doch an, sie wird Heimrich daran erinnern, dass auch ich ihrer beider Kind bin. Wenn meine Brüder hier von meinem Sorgen erfahren, lassen sie mich bestimmt nicht im Stich. Ich will's nun wagen, beschließt er erregt, und steht auf, um loszuschreien.

Doch keiner macht ihm Platz, als er nach vorne zu König Louis drängt. So steigt Willehalm einfach über die Sitzenden hinweg. Bebend vor Zorn baut er sich vor Louis auf: »Herr König, Ihr könnt froh sein, dass mein Vater bei Euch sitzt!«, ruft er drohend. »Auch wenn Ihr drei statt einer wäret, hätte ich Euch zum Pfand genommen! Aus Respekt vor meinem Vater will ich aber darauf verzichten. Sagt, habe ich Euch die römische Krone verschafft, damit Ihr mich jetzt so schlecht behandelt? Das Reich lag in meiner Hand. Gegen alle Fürsten, die Euch nicht wählen wollten, habe ich mich gewehrt und sie gezwungen, Euch zum Herrn zu nehmen – Schimpf und Schande habe ich mir da aufgeladen! Es demütigt mich heute, meine Hände jemals zwischen Eure gelegt zu haben, um mein Lehen zu empfangen. Ihr habt von den vielen Schlachten profitiert, die ich für Euren Vater Karl geschlagen habe, und auch für Euch habe ich viel gekämpft an der Grenze zu den Sarazenen. Sieben Jahre ist es her, dass ich meine Eltern und Brüder nicht mehr gesehen habe. Ich könnte Euch wohl erschlagen, aber um meiner Mutter willen lass ich's sein!«

Kaum hat Willehalm ausgesprochen, stürzen seine vier Brüder zu ihm hin. Sie begrüßen ihn in aller Form und können ihn gar nicht oft genug umarmen, obwohl der König daneben sitzt. Bevor sie auf ihre Plätze zurückkehren, bitten sie Willehalm eindringlich, doch seinen Zorn zu zügeln.

Der Markgraf, der immer noch vor König Louis steht, bekommt jetzt endlich Antwort: »Herr Willehalm, weil Ihr es seid, wird es Zeit, Euch nach dem Fürstenrecht zu ehren. Seit ich ein kleiner Knappe war, habe ich Euren Rat stets befolgt und Ihr habt mir immer beigestanden. Ihr seid ohne Grund zornig auf mich: Ihr wisst doch, dass in meinen ganzen Reich alles für Euch getan wird. Ich habe Lehen und Geschenke zu vergeben, nutzt sie bitte, nach Recht und Sitte!«

Wenig erfreut mischt sich die Königin ein: »Ach Herrjeh, da bliebe ja nichts mehr für uns übrig! Ich wäre sicher die erste, die er davonjagt. Es ist mir lieber, dass er hier auf unsere Gnade hofft als umgekehrt!«

Für diese Worte muss die Königin schwer büßen. Was er dem König vorgeworfen hat, bekommt sie jetzt zehnfach zu hören, nämlich, dass sie furchtbar überheblich ist. Willehalm ist so wütend, dass er seiner Schwester vor allen Fürsten die Krone vom Kopf reißt und sie auf den Boden schmettert, wo sie zerspringt. Jetzt erst richtig in Rage geraten, packt er die Königin an ihren langen Zöpfen und zerrt daran herum. Er ist kurz davor, ihr mit seinem Schwert den Kopf abzuschlagen, als sich Mutter Irmschart beherzt dazwischen wirft und ihrer Tochter das Leben rettet.

Nur schwer kann die Königin ihr Haar aus der starken Hand des Bruders befreien. Als sie es geschafft hat, flüchtet sie weinend in ihre Kemenate und befiehlt panisch, schnell einen eisernen Riegel vorzuschieben.

Auch König Louis fühlt sich alles andere als wohl in Willehalms Gegenwart. »Es ist nicht meine Schuld, dass mich der Markgraf so beleidigt!«, wehrt er sich. »Er ist mein Vasall! Wenn ich ihm etwas getan habe, so soll er sich vor den Fürsten darüber beklagen. Ich habe es nicht verdient, dass er meine Frau erschlägt, schon gar nicht für das, was ich ihm ehrlich angeboten habe!«

Rundherum erntet der König Zustimmung. Alle sind von diesem unerhörten Ausbruch des Markgrafen sprachlos und entsetzt.

In der Kemenate versucht gerade Prinzessin Alice herauszufinden, was mit ihrer Mutter passiert ist: »Wieso kommst du so überstürzt hierher gerannt? Das passt nicht zu dir als Königin und zum hohen Namen meines Vaters, dem das Reich untersteht. Wer ist denn da draußen auf dich so wütend?«

»Es ist dein Onkel«, antwortet ihre Mutter verzweifelt. »Hilf mir, ihn zu versöhnen, liebe Tochter!«

Rat und Hilfe für den Markgrafen

Lange hat Graf Heimrich von Narbonne damit gewartet, seinen Sohn zu begrüßen. Jetzt hält er die Zeit dafür gekommen.

Doch als er seinen Ältesten an sich drücken und küssen will, weist Willehalm auch ihn höflich zurück: »Mein Kuss ist in Orange geblieben, aus dem Tibalt mich vertrieben hat. Terramers Leute haben furchtbar gegen mich gewütet. Ich habe Giburg in so großer Not zurückgelassen, dass ich sogar fürchten muss, dass mir die Verwandten nicht helfen werden. Bei unserem dreieinigen Gott, bekenne dich zu deinem Sohn! Lass' dich von den Heiden nicht einschüchtern, bisher hast du doch nur Ruhm erworben.«

»Wie kommt es, dass du an mir und meiner Treue zweifelst?«, antwortet Heimrich ehrlich bestürzt. »Ich will deinen Kummer gerne mit dir teilen, wenn mich nicht Gottes Fügung oder der Tod daran hindert. Nenn' mir auf der Stelle den Verlust, den du erlitten hast, damit ich weiß, wie viele Schwerter ich brauche! Ich vertraue auf des Höchsten Hand, dass sie meinen Arm führt und zieht. Viele Heidenherzen, die noch warm sind, sollen dafür kalt werden!« Hilfesuchend dreht sich der Graf nach seinen Söhnen um. »Lasst uns diese Schmach gemeinsam auf uns nehmen. Nicht mein Sohn ist heimgesucht, ich selber bin enthert!«

Sofort will Heimrich wissen, was passiert ist, wie groß das gegnerische Heer war, und wie sich seine jungen Leute geschlagen haben. Willehalm muss ihm die Wahrheit sagen: »Wenn man auf einem Schachbrettfeld Körner legen würde, die man immer wieder verdoppeln würde, diese ganzen Körner würden nicht reichen, um die Krieger zu zählen, die Terramer, Tibalt und Arofel von Persien mitgebracht haben. Auch Tesereiß, den ich erschlagen habe, hatte eine Menge Reiter bei sich. Vater, auf Alischanz sind mir meine Neffen Vivianz und Mile genommen worden. Elf meiner treuesten Fürsten sind gefangen oder umgebracht worden – ich weiß nicht, was sie erleiden mussten, ich habe sie in der Schlacht verloren.«

Willehalms Worte rühren die Ritter zu Tränen. Heimrich fühlt sich, als sei ihm der Boden unter den Füßen weggezogen worden, seine Knie wanken, und er muss sich abstützen. Viele vornehme Leute im Saal ringen vor Verzweiflung mit ihren Händen, bis die Gelenke knacken, jedes Lächeln und Lachen erstirbt.

Willehalms Mutter Irmschart findet als erste ihre Sprache wieder: »Wie ist es um euren Mut bestellt, Männer? Wollt ihr jetzt weinen wie die Frauen oder wie ein Kind um das zerbrochene Ei? Wenn ihr Helden sein wollt, dann müsst ihr Lehen und Geschenke geben und zu Willehalm stehen – was er verloren hat, haben wir alle zusammen verloren! Auch unsere Söhne müssen jetzt das leisten, was ihr Ruhm verlangt. Nur so kann Willehalm für seinen schrecklichen Verlust entschädigt werden. Wer dazu zu feige ist, wäre besser tot!«

Doch Irmscharts Einsatz hat Willehalm nicht besänftigen können, immer noch wettert er gegen die Königin, und vergisst sich schließlich selbst. Er schimpft seine Schwester eine Hure und behauptet, dass sie sogar zu dem Araber Tibalt schon lange eine Liebesbeziehung pflege: »Auch sie gibt dem edlen König wohl mit Liebeslohn die Ehre – er hat sie oft mit Lust umarmt. Dabei ging es ihm weniger um sie, als darum, ihren Gatten zu verhöhnen. Ich hätte Giburg nie entführt, wenn ich nicht das hätte rächen wollen, was unserem König angetan wurde. Was Tibalt hier gewonnen hat, das Liebesgeld erstattet Giburg mir zurück!«

Plötzlich unterbricht der Markgraf seinen heftigen Redeschwall, denn Prinzessin Alice ist gekommen. Ihr engelhaftes Auftreten stimmt Willehalm mit einem Mal friedlich. Ihr Haar hat sie mit vielen kurzen Scheiteln gekämmt und bis zur Kopfhaut hoch gekräuselt, jedes Lockensträhnchen ist mit Edelsteinen besetzten, fein gewirkten Seidenbändchen umwunden – wie eine Krone sitzt ihr schönes Haar auf dem Kopf. Ihre schlanke Taille schmückt ein bodenlanger, schmaler Gürtel aus London, dessen Spange mit einem kostbaren Rubin verziert ist, und dessen Ende elegant auf den Boden fällt. In der Eile hat sie nicht einmal ihren

Umhang mitgenommen.

Von dem Mädchen geht ein Strahlen aus, das jedermann im Raum verzaubert. Schnell sind sich alle einig, noch nie ein so liebreizendes Mädchen gesehen zu haben. Ihr Onkel Buove und drei weitere Fürsten springen schnell auf Alice zu, um für sie Platz zu machen. Bei ihrem Onkel Willehalm angelangt, kniet sie vor ihm nieder.

Dem Markgrafen kommen die Tränen: »Hoffentlich lässt mich das nicht Gott büßen, wie du zu mir kommst«, sagt er beschämt. »Nicht einmal König Terramer wäre deinen Fußfall wert. Du bist die Tochter des römischen Königs! Gestatte mir, mich dir zu unterwerfen – deine Güte soll mir Rat und Hilfe geben. Doch wenn du mich nicht verspotten willst, so stehe auf! Was auch immer du von mir verlangen magst, ich will es dir zuliebe tun.«

Alice richtet sich wieder auf und er umarmt sie herzlich: »Bitte lass mich dein klares Gesicht in meine Hände nehmen. Ich würde dich auch gerne küssen, wenn mir das Küssen nicht verwehrt wäre. Das Liebste, das ich je gewann, hat mir Terramer mit seinem Heer so versperrt, dass mir dieser schöne Gruß jetzt fremd geworden ist.«

Obwohl sie selber weinen muss, zwingt sich die Prinzessin, offen und ehrlich mit ihrem Onkel zu sprechen: »Es tut mir leid um dein Ansehen, das bisher noch nie geschändet wurde. Doch wo sind deine höfische Selbstbeherrschung und Zucht geblieben? Wo soll die Frauenehre Zuflucht finden, wenn nicht bei der Herzensgüte des Mannes? Du hast dich zu sehr verändert! Wer hat dich gegen meine törichte Mutter aufgebracht? Sie sollte doch deine Schwester sein! Wenn du dich nur dafür rächen willst, dass sie sich versprochen hat, dann schadet das unserer ganzen Familie. Das ist nicht nur für ihre Ehre schlecht, sondern auch für deinen Ruhm. Verzeihe ihr, was sie dir angetan hat! Tu es hier für mich, vor den Augen der Fürsten, und ein wenig auch um deiner Mutter und um Giburgs willen – sie ist jetzt leider viel zu fern von mir.«

»Liebes Kind«, entgegnet der Markgraf völlig entwaffnet, »verfüge über mich, so wie ich hier vor dir stehe! Aber weißt du überhaupt, wie deine Mutter mit mir umgesprungen ist? Auch wenn sie mich nicht mag, hätte man mir hier geholfen – wenn sie nicht, wie so oft, wieder dazwischen gegangen wäre. Ist es für sie etwa eine Schande, einfach zu sagen: ›Das ist mein Bruder‹? Es können nicht alle Könige sein, sie sollte auch die Fürsten achten. Mein Name ist der erste nach der römischen Krone, das ist mein Rang. Wenn sie sich wegen mir schämt, dann ist es wohl eher meine Schande, dass ich sie zur Königin erhob. Und als ich vor sie hintrat, habe ich ihr nicht für ihren Gruß gedankt – warum auch? Sie hat ihn sich ja selbst verkniffen!«

Schließlich verspricht Willehalm Alice, ihrer Mutter zu verzeihen und nicht mehr böse auf sie zu sein: »Bitte sie, wieder heraus zu den Fürsten zu kommen. Habe ich hier etwas gesagt, das Sühne fordert, ehe ich dem König endgültig das Fest verderbe, so will ich mich ohne Widerstand deinem Ratschluss unterwerfen.«

Glücklich über diese Wendung nutzt Fürstin Irmschart die Gunst der Stunde: »Lauf' schnell zu deiner Mutter«, ruft sie Alice zu. »Wenn sie immer noch nicht das grauenvolle Leid beklagt, das Terramer Tibalt zuliebe deiner Verwandtschaft angetan hat, dann sollte ihr nie wieder jemand trauen, und ihre Frauenehre ist für immer dahin!«

Alice nickt ihrer Großmutter und ihrem Onkel dankbar zu und verlässt den Raum, begleitet von ihrem Onkel Buove und einem befreundeten Ritter, dem Herrn von Scherins.

»Um Söldner anzuwerben«, wendet sich Irmschart entschieden an ihren Sohn, »will ich meine letzten Gelder freimachen. Wozu soll mein altes Leben sonst gut sein? Mein Vermögen ist noch unangetastet, das wird sich ab heute ändern! Das, was achtzehn starke Ochsen an Goldmünzen ziehen können, sollst du von mir bekommen. Ich lass' dich nicht im Stich, ein Harnisch muss an meinen Leib! Ich bin doch wohl stark genug, dass ich an deiner Seite kämpfen kann – mit Schwertern will ich hauen!«

»Eure Treue ehrt Euch sehr und gibt mir Rat und Hilfe«, entgegnet Willehalm gerührt. »Doch ich denke, jetzt solltet Ihr auch auf meinen Rat hören. Schickt mir meinen Vater, der versteht es, ein Heer zu führen und dort zu kämpfen, wo man ihn braucht — weder Helm noch Waffen oder Schild sind für Euch bestimmt! Wenn es Euch nicht zu viel wird, helft mir bitte auf diese Weise.«

Daraufhin verspricht seine Mutter, schöne Pferde und auf Hochglanz polierte Waffen zu besorgen: »Sohn, ich meine es ehrlich. Jede Menge gebe ich dir davon, und noch viel mehr als ich versprochen habe!«

Er hätte selbst denen leid tun können,

die nicht den wahren Glauben haben:

Juden, Heiden, Ketzer.

Auch mich schmerzt immer noch sein Kummer.

Hält mich deshalb jemand für töricht,

ertrage ich diese Schmähung gerne.

BUCH IV

er möht erbarmen, die halt sint

des wâren gelouben âne:

juden, heiden, publikâne.

mich müet ouch noch sîn kumber.

dunk ich iemen deste tumber,

die smaehe lîd ich gerne.

Die Königin hat ein Einsehen

Inzwischen hat die Königin erfahren, dass sich ihr Bruder wieder beruhigt hat. Doch als Alice mit ihren beiden Begleitern vor ihrer Tür steht, traut sich die Königin immer noch nicht, den Riegel zurückzuschieben. »Weder der König, die Fürsten, noch mein edler Vater haben mich vor deinem Onkel geschützt«, ruft sie ängstlich durch die Tür. »Tochter, pass' auf, dass mir dein Friede nicht die Glieder bricht!«

»Fürchte dich nicht!«, erwidert Alice. »Ich bin mit Scherins und Buove von Commercy gekommen. Sie können dir bestätigen, dass der Zorn meines Onkels wirklich verflogen ist.«

Endlich lässt sie ihre Tochter ein. Scherins berichtet ihr in allen Einzelheiten von dem großen Leid, das ihr Sohn Vivianz und ihre anderen Blutsverwandten auf Alischanz erfahren haben. »Und als der König den Markgrafen heute so unwirsch empfing«, schließt der Ritter, »habt Ihr das, Herrin, büßen müssen.«

»Hätte er mir doch besser den Kopf vom Leib geschlagen!«, antwortet sie entsetzt. »Der Schmerz um meine Lieben wird mich ab heute für immer begleiten ... man sollte mir besser wünschen, zu sterben, bevor ich noch wahnsinnig werde deswegen!«

Die Königin bricht kraftlos auf ihrem Stuhl zusammen und beginnt zu weinen. »Ach Vivianz, mein geliebter Sohn! Was hat mir Terramer nur auf Alischanz genommen. Wie werden erst die jungen Frauen deinen schönen Leib der Liebe wegen beklagen! Mein Bruder hat seinen Verstand verloren, dass er dich schon unterm Schild hat kämpfen lassen. Nach deinem Tod wird mir hochgemuter Stolz für immer fremd sein.«

Aufgeregt verspricht die Königin, allen soviel Geld und Gut zu geben, dass keine andere sie mehr übertreffen soll. »Biete jedem im römischen Reich meinen Sold an«, sagt sie an Buove gewandt. »Mein Bruder hat mich heute zurecht davonkommen lassen: Jetzt kann ich den König und seine Vasallen um ihre Hilfe und Gunst bitten. Sind sie echte Männer, wird das unsere Not rächen!«

Die Königin geht hinaus, sie will sofort zu ihrem Bruder. Willehalms Stimme klingt traurig, als er wieder mit ihr spricht: »Möge Jesus Euren Zorn auf mich wieder besänftigen, Schwester. Beklagt die Söhne Eurer Brüder und Schwestern. Allein dreizehn aus Eurem Geschlecht hat mir Terramer genommen. Sie waren wehrhaft und furchtlos bis zum Schluss, doch ich habe sie verloren, wie all die anderen auch. Bittet Gott um Gnade und erinnert ihn daran, dass er um unseretwillen sein Blut vergossen hat. Wenn er uns doch noch helfen würde! Würde ich Euch nur leidtun und könntet Ihr mich bloß trösten.«

»Ach, wen könnte ich denn trösten? Und wozu lebe ich überhaupt noch?«, erwidert die Königin schmerzerfüllt. »Was für geliebte Helden habe ich verloren ... meinen wunderschönen Jungen, den ich Königin Giburg anvertraute und die ihn zu einem so guten Ritter erzog. Ach Vivianz, wie konnte der Tod es wagen, dich zu berühren und mir dabei das Herz ganz zu lassen?«

Mittlerweile ist die Königin von ihrer gesamten Familie umringt. »Bruder Markgraf«, verspricht sie Willehalm, »ich will dich trösten, wenn ich kann. Glaube mir, dass mir der Verlust unserer Verwandten sehr nahe geht. Und du, Mutter, hilf' mir, dieses Leid in treuer Liebe zu beklagen! Ihr alle«, wendet sie sich auch an ihre Brüder, »denkt daran, dass wir zusammengehören. Man nennt euch Männer, mich eine Frau – da ist doch kein Unterschied, wir sind ein Fleisch und Blut!«

Erwartungsvoll blickt Irmschart ihre erschütterte Tochter an: »Wir klagen alle zusammen über den gemeinsamen Verlust. Ihr seid gleichzeitig meine Herrin und mein Kind, und wir danken Gott, dass unser Verlust Euch jetzt ehrlich erbarmt. Nun wird sich zeigen, ob Ihr auch die Herrin der Fürsten seid. Richtet Euch an Euren Mann, den König, wenn er Euer Diener ist!«

»Ja«, bittet auch ihr Vater Heimrich, »gewährt Willehalm und Euren anderen Brüdern jetzt Euren Schutz und Euren Rat.«

Die vier Brüder des Markgrafen, Bernhard, Buove, Gibert und Bertram, erheben sich und gehen gemeinsam mit der Königin zu Louis, dem sie zu Füßen fallen. »Die Not zwingt mich, Euch um Hilfe zu bitten«, beginnt die Königin gerade heraus. »Tut es für Euer Ansehen und für den Ruhm unserer Fürsten und unseres Reiches. Steht dem Markgrafen bei und vertreibt Terramer aus Orange – er schändet Euch und unser Reich!«

»Liebe Frau, Ihr seid nicht ganz bei Trost, wenn Ihr Euch jetzt für den einsetzt, der mich mit Euch so schimpflich behandelt hat!«, erwidert der König ungläubig. »Hätte er sich mehr zurück-gehalten, würde ich ihm helfen, so gut ich kann. Er ist Euer Bru-der und mein Vasall. Doch was hat Euch das genützt? Er hat mich in meiner Ehre gekränkt, so ist es nunmal. Erhebt Euch, ich werde über Eure Bitte beraten.«

Energisch steht die Königin auf und blickt sich um: »Meine fürstlichen Verwandten hier sind mir genau soviel wert wie jeder tüchtige Knappe, wie jeder arme Ritter, Fußknecht und Bogen-schütze, oder wer sonst noch zum Kampf taugt. Alle, die mir hel-fen, dieses Leid zu tragen, sind mir willkommen, auch die aus der Fremde sollen es sein!«

»Wenn meine Hand jemals geholfen hat, so wird sie jetzt mei-nem Bruder gehören, der so traurig zu uns kam«, pflichtet ihr Bernhard bei, genauso wie sein Bruder Bertram: »Ich habe kräfti-ge Glieder und fürstlichen Besitz und führe eine Ritterschaft, für die ich Gott preisen kann. Doch das hilft mir alles nichts, solan-ge mich mein Bruder nicht dorthin führt, wo ich Rache nehmen kann für meine jungen Neffen Mile und Vivianz.« Tränen lösen sich und tropfen auf Bertrams Gewand.

»Bruder, wenn ich nur würdig genug bin, lass' mich kämpfen«, verspricht Gibert Willehalm. »Jedem, der mir zur Treue verpflichtet ist, werde ich für dich gewinnen – du wirst es sehen, sollte ich am Leben bleiben. Auch ich will mit fürstlichen Händen schenken!«

Buove nickt ihm zu: »Tibalt hat uns eine Zukunft voller Leid geschenkt, das nie vergeht – ich werde graue Haare davon bekommen. Hat es je eine schlimmere Schlacht für ein Christenland gegeben? Wenn ich noch länger jammere, wird mich mein Bruder für feige halten. Doch er kann sich auf meine Hilfe verlassen. Viele edle Gäste werde ich nach Orange führen, so dass Giburg ihre Schwerter klingen hören wird. Ja, ich will ihm in meiner Schar tausend gewappnete Pferde bringen und darauf Leute, die für mich Schlag und Stich verteilen, oder welche Art von Kampf sonst gegen die Heiden nötig sein wird!«

Daraufhin wendet sich ihr Vater Heimrich an den König: »Herr, nun feiert Euer Fest, wir wollen Euch nicht daran hindern. Auch wenn uns die Freude heute vergangen ist, sollen die Gäste nicht darunter leiden – es ist nicht ihre Schuld.«

Das ist auch die Meinung des Königs. Sofort weist er seine Diener an: »Seht nun, wie ihr meine edlen Lehensleute richtig setzt, und tragt dafür Sorge, dass ihr diese und alle anderen hohen Würdenträger so platziert, dass es mich ehrt. Entscheidet selbst, es ist an der Zeit!«

Das Hoffest

Die Anweisung des Königs wird sofort befolgt, und bald darauf tragen die Diener von vier Seiten viele köstliche und ausgefallene Speisen für die Gäste auf.

Die Königin ist mittlerweile zu ihrem Bruder gegangen, der ihre Hand wieder vertrauensvoll in die seine nimmt. Zusammen gehen sie in ihre Kemenate, wo sie ihn bittet, vor dem Bett des Königs Platz zu nehmen. Edelfräulein und -knaben helfen ihm dabei, endlich seinen Harnisch und sein Waffenkleid abzunehmen. Kostbare Seidenkleider liegen schon für ihn bereit. Alice, die ebenfalls hier ist, wendet sich an ihre Mutter. »Lass' doch das Gewand herbringen, das sich Vater heute für sich selbst hat schneidern lassen. Bitte meinen Onkel, es zu tragen!«

Doch der betrübte Willehalm lehnt auch dieses Angebot höflich ab und begründet es wieder mit seinem Versprechen, das er Giburg gegeben hat.

»Niemals könnte ich mit der Schande leben, wenn du an meiner Seite nackt gehen würdest!«, protestiert die Königin entschieden. »Kannst du nicht begreifen, was die anderen Fürsten davon halten würden? Nicht im Traum würden sie dich dafür loben!«

Diesmal setzt sich seine Schwester durch. Sie befiehlt dem Markgrafen, wenigstens das seidene Gewand anzuziehen, um das Alice gebeten hat. Seinen Bart, seine Haut und sein Haar will sich Willehalm jedoch immer noch nicht reinigen und pflegen lassen.

An seiner Hand führt er die Schwester wieder heraus, Alice geht ihr voran. Die Fürsten sitzen bereits. Die Königin nimmt ihren Platz neben dem König und ihrer Tochter ein, ihnen gegenüber sitzen ihre Eltern Irmschart und Heimrich. Seine Mutter winkt Willehalm zu sich, der sie um einen Gefallen bittet: »Tibalt hat mir alle Gefährten genommen, lasst mir den Kaufmann Wimar zum Tischgenossen geben!«

Irmschart ist einverstanden, und der Kaufmann hat nun allen

Grund zur Freude. Er sitzt am selben Tisch wie die höchsten Vertreter des römischen Reiches und wird von Willehalm für seine Gastfreundschaft mit einer fürstlichen Summe von zweihundert Mark belohnt.

Doch wirklich gute Laune kann an der Seite des Markgrafen auch diesmal nicht aufkommen. Eingesunken sitzt er auf seinem Platz und lehnt nicht nur jeden angebotenen Kuss, sondern auch jedes Stück Fleisch und jeden Schluck Wein ab – nicht einmal vom Maulbeersaft will er kosten. Nur ein bisschen Schwarzbrot tunkt Willehalm ab und an in frisches Wasser, das aus einem Krug hübsch herausplätschert. Die meisten, die dies sehen und nichts von seinem Gelübde wissen, können das nicht verstehen.

Jetzt ist der König schön satt, überlegt Willehalm insgeheim. Bestimmt wird er mir das gewähren, worum ihn heute meine Schwester gebeten hat. Ich will ihn selber noch einmal bitten, mit betrunkenem Kopf wird es ihm sicher leichter fallen. Wenn er mir seine Hilfe zusagt und sein Versprechen später trotzdem brechen sollte, würden ihn seine Fürsten für verrückt halten.

»Herr, Vogt der Fürsten«, spricht Willehalm den König schließlich an, »meine Sache ist jetzt die Eure. Ich bitte Euch heute zurecht um Beistand: Verteidigt das Reich der römischen Krone! Ich habe all mein Glück dafür verschwendet.«

Willehalm schildert ihm, dass im Moment nicht nur Giburg in Orange, sondern alle seine Burgen und Länder in Terramers Gewalt lägen, dass seine Mark verwüstet sei und immer noch brenne, die Mauern zerbrochen seien, ja, dass selbst seine Fische im Larkant ihr Leben in der Schlacht lassen mussten: »Zuerst habe ich auf dem offenen Feld gekämpft, bis die Verluste so gewaltig waren, dass man mich in die Stadt zurück trieb. Glaubt mir, nicht einmal Baligan hat je ein größeres Heer gegen Euren Vater Karl über das Meer geführt. Um dagegen anzukommen, braucht es größere Kräfte. Helft mir, dann helfe ich mir selbst! Handelt wie ein Mann, wie es andere Könige immer taten!«

»Ich will darüber beraten«, antwortet Louis ausweichend. »Beraten?«, ruft der Markgraf entrüstet. »Wenn Ihr es nicht sofort tut, seid Ihr nie Karls Sohn gewesen!« Hitzig springt er über den Tisch und fordert den König unverblümt heraus: »Ich dank' Euch nicht dafür: Ihr müsst gegen den Feind ziehen und könnt auch dort niemanden schonen. Wer wollte da noch Euer Lehnsmann sein? Ich gebe Euch die Mark und meine anderen Lehen zurück!«

Schnell springen Bernhard, Gibert und seine anderen Brüder zu Willehalm hin, und reden ihm das so leichtfertig Dahingesagte aus.

Der König bleibt gelassen. Ruhig antwortet er dem Markgrafen: »Wenn Ihr das Reich ehren wollt, gewähre ich Euch gerne freiwillig meine Hilfe. Schätzt Ihr das als zu gering, dann werden andere von ihr profitieren, und umso kleiner ist dann Euer Heer. Sollte ich Euch mit meiner Macht dienen und Ihr dankt es mir nicht, dann denke ich nicht daran!«

Die Königin ahnt, dass nun wirklich ihr guter Rat gefragt ist: »Mein römischer König, Herr, was haben wir denn von der bezaubernden Schönheit unserer Tochter? Wer soll sie noch ehren, jetzt, da ihre ruhmvollen Verwandten nicht mehr leben? Ihr rechtes Handeln und ihr edler Sinn würden uns besser helfen als Euer ganzes Gut – wir zwei sind zusammen mit ihnen erschlagen worden! Aber empfindet auch Schmerz um die anderen, die tapfer Euer Reich verteidigt haben. Und wenn sie alle nicht den rechten Glauben haben würden, die für meinen leidgeprüften Bruder gefallen sind, um Euer Land zu verteidigen: Wenn Ihr jemals Treue hattet, solltet Ihr sie aus Treue beklagen!«

König Louis hört zwar auch seiner Frau weiter geduldig zu, doch er kann nicht verbergen, dass er immer noch verstimmt ist: »Gute Frau, man muss mich nicht bitten, Eure Blutsverwandten angemessen zu beklagen und danach ebenso angemessen zu rächen. Seht doch einmal, wie die Sache wirklich liegt: Ich selber bin nur mit knapper Not davongekommen, und Ihr seid vor meinen Augen von dem herumgezogen worden, der mich jetzt ›Vogt der Fürsten‹ nennt. Er hat sich nicht nur an jedem anständigen Fürst und Lehnsmann vergangen, sondern vor allem an der Krone! Wie soll ich mich dafür bitte bedanken?«

Unwillig runzelt Louis seine Stirn. »Vergebe ich ihm, wird man mich mein Leben lang einen Schwächling nennen. Und wenn ich anerkennen muss, dass er es mit gutem Recht tut, dann ist das für uns beide schlecht. Wenn ich ihm nicht helfe, ist es aber auch nicht gut für uns – dann fliehe ich, ehe ich überhaupt den Feind erblickt habe. Ein jeder soll mir, bei seiner Treue, sagen, was er an meiner Stelle täte. Welchem Rat ich auch immer folgen werde, wichtig ist, dass meine Ehre gewahrt bleibt!«

Inzwischen ist das Festmahl beendet und die Tische sind weggetragen worden. Viele reiche und arme Männer, alte und junge, drängen nun heran, um zu erfahren, warum sich der Markgraf wieder so aufregt, und warum er so wild über den Tisch gesprungen ist.

Der alte Heimrich aber ist mit seinem Gefolge vor den König getreten und versucht eindringlich, ihn für die Sache seines Sohnes zu gewinnen. Öfter einmal nennt er den Namen Karls – Louis solle doch dessen Erbe und Mut annehmen und nicht das Gute gefährden, das ihm sein Vater hinterlassen hat. An das Gesetz des Reiches solle er doch denken und dass er dieses unbedingt beschützen müsse: »Wenn Ihr jetzt zulasst, dass Terramer Euer Land verwüstet, wird das den Glauben entehren und uns Christen Schande bringen. Jeder, der Euch zu etwas anderem als zum Kampf rät, ist ein Verräter. Wer einen besseren Vorschlag hat, soll es sagen!«

Die deutlichen Worte seines Schwiegervaters bringen den König endlich zum Einlenken: »Um mein Ansehen zu wahren, werde ich Euch helfen, wie sehr sich auch Euer Sohn an mir vergangen und seine höfische Erziehung ins Gegenteil verkehrt hat«, beschließt er. »Entweder komme ich selber oder ich sende Euch ein Heer, das seine Kampfkraft entscheidend vergrößert.«

Erleichtert wendet sich Irmschart an Louis: »Rächt Vivianz, tut es für das Ansehen Eurer Kinder und für meine Tochter!«, bittet sie ihn. »Bereitet Eure Heerfahrt so vor, dass es die süße Giburg wieder froh macht. Terramer und Tibalt, die mir fast alle meine Enkel totgeschlagen haben, gehen jetzt sicher nicht gerade zimperlich mit ihr um. Viele Freunde haben sie Euch genommen, die Eurem Hof noch viel Ehre gebracht hätten.«

»Herrin, liebe zweite Mutter«, gibt ihr der König recht, »so edle, tapfere Männer suchen ihresgleichen. Auch noch am Jüngsten Tag wird ihr Ruhm immer neu verkündet werden! Vivianz war der Liebe nach mein Kind – wer um meinetwillen Rache für ihn nimmt, der mag mit seinen Wünschen zu mir kommen, ich will ihm so viel Geschenke, Lehen und Grundbesitz geben, wie er braucht. Jetzt werde ich den Helden zeigen, dass ich die Hand des Reiches trage!«

Viele nehmen daraufhin seinen Sold, viele sind ihm auch ohne Bezahlung treu ergeben und schwören, mitzukämpfen. Ebenso ziehen alle Fürsten mit, die zu dem Fest gekommen sind. Und auch der König gibt seinen Zorn auf den Markgrafen endgültig auf.

Der neue Knappe Rennewart

»Alle Hilfspflichtigen im Reich werden zukünftig rechtlos sein, wenn sie die durch die Heiden erlittene große Schmach nicht mit aller Macht und Kraft rächen!«

Dies wird bald lautstark vor der Reichsversammlung verkündigt und von den Fürsten bestätigt. Die ersten Ritter beginnen, sich zu wappnen. Rüstungen, die noch fehlen, werden von den Boten an König Louis' Hof nachgeholt. Obwohl Willehalm bereits die besten Ritter Frankreichs um sich versammelt hat, kommen jeden Tag neue Scharen heran geritten, um seine Sache zu unterstützen.

Es ist der zehnte Tag in Laon, als der König damit beginnt, seine Lehensleute zu mustern, sich für ihr Aufgebot zu bedanken und erkenntlich zu zeigen. Die Festgesellschaft hat sich endgültig zerstreut, auch Graf Heimrich ist schon fortgeritten. Dem Markgrafen geht es merklich besser, er hat sich mit Hilfe der Königin von seinen Strapazen erholen können, und seine Wunden sind verheilt.

Eines Abends tritt der König an die Fenster und schaut mit der Königin und Alice hinunter auf den Hof. Der hinzukommende Willehalm muss ihnen zustimmen, bisher kaum etwas Unterhaltenderes gesehen zu haben: Immer hitziger üben sich die Edelknaben mit Speer und Schild in der Tjost, zu zweit, zu viert, auf dem Pferd oder mit Knüppeln auf dem Boden. Wer den Speer besonders weit wirft, wird bewundert, und wer die vielen Hindernisse durchläuft, ohne gefangen zu werden, ebenso. Das Ganze wird vom Lärm der Trommeln und dem Geschrei der Knappen begleitet, die ihre Packpferdchen halten – wer sich hier nicht auskennt, muss aufpassen, bei dem ständigen Herumgestoße nicht zum Spielball zu werden.

Ein herannahender Knappe fällt dem Markgrafen in dem Trubel besonders ins Auge. Es ist ein ungewöhnlich großer, starker Küchenjunge, der von allen mit Hohn und Spott empfangen wird.

Sein anmutiger, schöner Körper ist in schäbige Kleider gehüllt, die wie seine Haare mit Küchenschmutz verdreckt sind. Ganz allein trägt er eine riesige Wanne mit Wasser auf seinen Schultern.

Plötzlich stürmt ein Haufen Reiter direkt auf ihn zu und der Junge muss seine Wanne fallen lassen – ohne zu klagen nimmt er es hin. Im Scherz ist das hier wohl erlaubt, denkt er gutmütig und füllt die Wanne wieder neu auf. Doch die anderen hören nicht auf, ihn zu ärgern. Sie bedrängen ihn zu Fuß und greifen ihn sogar auf ihren Pferden mit Lanzen an, so dass seine volle Wanne noch einmal umfällt. Jetzt ist es mit seiner Geduld vorbei. Der Küchenjunge packt einen der Knappen und schleudert ihn wütend durch die Luft. Mit voller Wucht schlägt der hilflose Junge auf eine Steinsäule, an der er sein Leben lassen muss.

»Habt Ihr das gerade gesehen?«, fragt der Markgraf den König fassungslos. »Ja«, antwortet dieser nachdenklich. »So schlecht hat er sich noch nie benommen. Seit er ein Kind ist, hat er immer anständig an meinem Hof gelebt. Noch nie ist er derart aus der Rolle gefallen!«

König Louis schüttelt den Kopf und fährt fort: »Ich weiß wohl, dass er von edler Geburt ist. Aber es ist mir noch nicht gelungen, ihn zur Taufe zu bewegen. Mit allen Mitteln habe ich es versucht, guten wie schlechten – ich weiß, dass ich ihm Unrecht getan habe. Gott ist mein Zeuge, ich würde ihn nur allzu gern von seinem Leid erlösen. Kaufleute brachten ihn von Übersee mit, sie hatten ihn in Persien gekauft. Noch nie hat jemand einen so schönen Leib wie den seinen gesehen. Man müsste die Frau preisen, die ihn geboren hat, wenn er nur die Taufe nicht ablehnen würde.«

Der Markgraf überlegt kurz und bittet Louis, ihm den Jungen als Knappen zu geben. »Und wenn es mir gelänge, ihn auf den rechten Weg zu bringen?«

Doch der König lehnt ab. Alice hat die Unterhaltung bis dahin aufmerksam mitverfolgt. Sie möchte den Markgrafen unbedingt unterstützen und bedrängt ihren Vater so lange, bis dieser schließlich nachgibt. Sofort lässt Willehalm den Jungen mit dem Namen Rennewart holen.

Er ist so jung, dass er noch keinen Bart trägt. Überaus höflich, aber wegen seines Äußeren auch sehr beschämt, tritt er vor den Markgrafen. Willehalm spricht ihn mit Erlaubnis der Prinzessin zuerst auf Französisch an, doch der Junge tut so, als würde er nichts verstehen. Da versucht es der Markgraf mit Arabisch, das er in seiner langen Gefangenschaft gelernt hat. »Diese Sprache verstehe ich gut«, antwortet Rennewart überrascht.

»Mein Freund«, freut sich der Markgraf, »ich vermute, du bist ein Sarazene. Sage mir, von wem du stammst und wo genau du herkommst!«

»Ich komme aus Mekka, der Heimat des Propheten Mohammed«, erzählt der Junge bereitwillig. »Er könnte mich sicher entschädigen für das, was mir hier fehlt. Trotzdem habe ich ihm schon so viel von meinem Leid geklagt, dass ich nicht mehr auf seine Hilfe hoffe. Ich will mich jetzt an Christus halten, dem auch Ihr bestimmt untertan seid.«

Rennewart erzählt dem Markgrafen, dass er Schmach und Schande habe ertragen müssen, seit er in die Fremde verkauft wurde. Selbst der König habe ihn verfolgt und zur Taufe gedrängt: »Aber sie passt nun einmal nicht zu mir. Deswegen habe ich Tag und Nacht so gelebt, als wäre mein Vater niemals reich gewesen. Manchmal muss ich Dinge tun, für die ich mich so schäme, dass ich fast wahnsinnig werde ... ganz ehrlich, ich lebe wie ein Schwein! Sollte mich jemals ein edles Fräulein umarmen, müsste sie mich verachten. Ich bin Ehre nicht gewohnt und doch sehne ich mich nach ihr.«

Dies zu hören, gefällt dem Markgrafen sehr: »Vergiss deine Scham! Der König hat dich für mich zum Geschenk gemacht. Trittst du in meinen Dienst, werde ich dir gerne geben, was du willst.«

Der Sarazene verneigt sich vor ihm: »Wenn ich Euch dienen

soll, werde ich Euch bestimmt keine Schande machen. Herr, Ihr seid doch der Markgraf, der sein glanzvolles Heer durch diejenigen verloren hat, die über das Meer gekommen sind? Dann bin ich Euch sicher gerade zur rechten Zeit übergeben worden. Ich verspreche Euch, wenn ich am Leben bleibe, werde ich Eure Toten rächen! Ich will Euren Rat befolgen. Und wenn ich etwas falsch machen sollte, verbessert mich. Und lasst mir bitte eine Ausrüstung geben!«

»Wenn ich es habe, sollst du bekommen, was du verlangst – es wird mir schon nicht zu viel«, antwortet Willehalm freundlich. »Das, was ich mir von Euch wünsche, könnt Ihr Euch bestimmt leisten, wie sehr Eure Mark auch verbrannt sein mag«, versichert ihm Rennewart.

Keiner der Umstehenden versteht die fremde Sprache, doch die beiden stören sich nicht weiter daran.

»Kann ich vielleicht jetzt schon etwas für Euch tun?« Rennewart blickt den Markgrafen dankbar an. »Was Ihr mir auch aufträgt, ich werde es ausführen, so gut ich kann. So einen lieben Herrn hatte ich noch nie – dass Ihr es gut mit mir meint, ist mein größter Lohn!«

Doch Willehalm möchte erst einmal dem Jungen etwas Gutes tun. Er wendet sich an den jüdischen Finanzverwalter, den Fürstin Irmschart aus Narbonne an König Louis' Hof zurückgelassen hat, um Willehalms Männer für den Kriegszug großzügig ausstatten zu lassen. Der Markgraf beauftragt den Verwalter, auch seinem neuen Knappen eine Rüstung, Kleidung und ein Pferd zu besorgen.

Doch als Rennewart bei dem Mann vorspricht, hat er ganz andere Dinge im Kopf: »Ich will zu Fuß in den Kampf«, erklärt er selbstbewusst. »Mein Herr soll denen eine Rüstung und ein Pferd geben, die es sich wünschen, mir nicht. Gebt mir eine vierkantige Stange aus Weissbuche, so schwer, dass keine sechs Männer sie tragen und keine sieben Männer sie stehlen können! Der Schmied soll sie mit starken, stachligen Eisenspangen beschlagen, am Handgriff aber schön glatt lassen.«

Weil Rennewart sich sicher ist, dass ihn eine schwere Rüstung beim Kampf mit der Stange nur behindern würde, lässt er sich mit einer Weste aus Kamelhaar und einer Hose aus Kaschmirwolle einkleiden. Außerdem wählt er ein gutes, einfaches Paar Schuhe aus. Die weiten weißen Leinenkleider, die er noch braucht, lässt er sich von einem Schneider extra anfertigen. Bald darauf sind Rennewarts Wünsche erfüllt, wie auch die der anderen Ritter, Heerführer und Soldaten, die an dem Kriegszug teilnehmen wollen.

Das Feld am Fuß des Bergs von Laon ist bereits mit Zelten aller Art bestückt. Der König will die Fürsten in ihren prächtigen, hohen Zelten mit besonderen Ehren begrüßen. Begleitet von einigen Falken reitet er zum Lager hinab und lädt jeden von ihnen persönlich zur gemeinsamen Jagd ein. Die Fürsten wundern sich, dass es Willehalm gewagt hat, mit einem so kleinen Heer ein so großes Wagnis einzugehen. Warum er nicht auf die Armee des römischen Königs gewartet habe? Als ihnen der Markgraf jedoch von dem großen Leid seiner Männer erzählt, sind sie bald entschlossen, ihn und das Reich ohne Bedenken zu rächen – davon abgesehen, versprechen sie, wäre es auch einfach ihre Pflicht.

Nachdem alle Kampfverbände versammelt sind, verkündet der Herold des Königs den Befehl, sich am nächsten Morgen nach Orléans in Marsch zu setzen. Der König selbst ist lange mit den Falken geritten und beeilt sich, noch rechtzeitig vor Sonnenuntergang zur Stadt hoch zu reiten.

Als auch Willehalm zurück am Hof ist, trifft er auf seinen neuen Knappen, der ihm aufgeregt entgegen gelaufen kommt. Rennewart beschwert sich bei ihm, dass man ihn in der Küche wieder geärgert habe: Haare und Kleider seien ihm angesengt worden. Da habe er nicht lange gewartet und mit seiner neuen Stange die Kessel durchbohrt, so dass nicht ein Topf dabei ganz geblieben sei. Selbst der Küchenmeister habe sich vor seinem Zorn kaum retten können.

Freundschaftlich redet der Markgraf auf den Jungen ein: »Ich gebe dir andere Kleider. Und deine Haare standen soundso zu weit ab – lass' sie uns nach unten bürsten und sie auf Höhe der Ohren rundherum schön abschneiden. Nun reiß' dich zusammen und hör' auf zu jammern! Bei Tagesanbruch soll dich dein Wirt wecken, wenn die Banner angebunden werden, unter denen mein Gefolge vor die Stadt ziehen soll. Dann mach' dich auf den Weg!«

Rennewart beteuert, sich an die Abmachung zu halten. Auch der König hat sich dazu entschlossen, am nächsten Tag nach Orléans zu reiten, wo das Heer zum letzten Mal zusammentreffen soll.

Aufbruch und Abschied in Orléans

Mit ihrem Geld hat sich die Königin inzwischen einen eigenen, aufwändigen Kampfverband erkauft. Wie alle anderen wartet sie am frühen Morgen mit Alice und ihren Edeldamen auf den Aufbruch. Sie wollen wissen, was in Orléans vor sich geht, wie der König dort die Truppen weiterschickt, und wen er zu seinem Hauptmann macht.

In kürzester Zeit ist die Straße nach Orléans so voll wie noch nie. Die Truppen strömen aus den Toren der Stadt und kommen von der Ebene heran geritten oder gelaufen. Höflich werden sie von dem Markgrafen begrüßt, der mit Volatin an der Straße angehalten hat. Seine Leute sind ihm schon vorausgeeilt, nur der junge Rennewart hastet ihnen mit riesigem Abstand hinterher. Er hat den frühen Aufbruch verschlafen und ist erleichtert, den Markgrafen noch anzutreffen. Doch der wundert sich über seinen Knappen und fragt ihn, wo denn seine Stange abgeblieben sei. Völlig entgeistert schaut ihn Rennewart an: »Oh nein! Die habe ich vergessen mitzunehmen! Würdet Ihr hier noch auf mich warten? Schämt Euch deswegen nicht – die Stange wird Euch sicher noch von großem Nutzen sein!«

»Wenn du dich beeilst, warte ich so lange«, willigt der Markgraf schmunzelnd ein. »Und falls du noch jemanden triffst, bring' ihn auch mit ... und vergiss nicht wieder deinen großen Stab!«

»Langweilt Euch nicht!«, ruft Rennewart noch schnell und macht, dass er loskommt.

Doch als er Laon endlich erreicht hat, kann er seine Stange nicht mehr finden. Zum Ärger der Köche hat er die letzte Nacht in der Küche auf der Hackbank verbracht, und um sich dafür zu rächen, haben sie ihm offenbar die Stange weggenommen.

Als er begreift, was geschehen ist, rastet Rennewart aus. Er tritt gewaltsam jede ihm im Weg stehende Tür ein und greift sich als erstes den Küchenmeister, dem er ohne zu zögern das Leben nimmt. Auch auf die anderen Köche prügelt Rennewart so lange ein, bis er seine Stange wiedergefunden hat. Triumphierend wirft er sie wie eine leichte Gerte von einer Hand in die andere und fliegt schnell wie der Wind zum Markgrafen zurück. Schon bald ist er ihm ein Stück voraus, so dass Willehalm dem Jungen hinterher reitet.

Ihren ersten Halt wollen die Truppen bei dem Kloster machen, in dem Willehalm Arofels Schild zur Aufbewahrung gelassen hat. Doch das Haus ist bereits von den Sarazenen niedergebrannt worden. Dem König und der Königin, die ebenfalls dazugestoßen sind, berichtet der Abt gerade, wie ungeheuer wertvoll Willehalms Schild mit seinen Edelsteinen gewesen sei – mehr als tausend Mark, kostbarer noch als das ganze Kloster mitsamt seinen Zinseinkünften.

»Ihr scheint mir doch ein bisschen zu alt dafür, Euch zu einen Kampf auf Tod und Leben derart herauszuputzen«, wendet sich Louis daraufhin erstaunt an den Markgrafen, der sich zu den anderen Rittern gesellt hat.

»Meinen ganzen Waffenschmuck und auch mein Pferd habe ich mir mit einem Sieg über den Perserkönig von Samarkand erworben. Es war Arofel, ein Bruder Terramers«, antwortet Willehalm wahrheitsgemäß. »Damit ich ihn am Leben lasse, bot er mir dreißig Elefanten an, voll beladen mit dem Gold vom Hindukusch. Aber sein Tod war mir lieber. Erst am Morgen hatte ich immer wieder einen anderen Toten geküsst, unseren Vivianz. Sein Reichtum hat ihm nichts genützt, ich schlug dem hochgeborenen König den Kopf ab. So habe ich seinen teuren Schild gewonnen und doch wieder verloren.«

Nachdenklich hält Willehalm für einen Augenblick inne. »Er war mir ohnehin zu schwer – er war einfach für Arofel bestimmt. An der Liebe habe ich mich versündigt – ich kann nicht wieder gut machen, was die Frauen an ihm verloren haben! Was auch immer mir Terramer noch antun wird, mit dem Tod des edlen Arofel habe ich ihm gewiss viel Kummer bereitet. Und mit dem des hochgerühmten Tesereiß auch, wie der Perser hat er leidenschaftlich für die Liebe gelebt. Es gab wohl keinen, der eine Krone trug, und der besser um den Frauenlohn gekämpft hätte als dieser Araber. Es ist mir schwer gefallen, den mächtigen Sizilianer aus Palermo zu erschlagen, weil er so vornehm und edel war. Warum bin ich bloß nicht davongeritten, als er mich mit seinen Worten so gereizt hat?«

Es ist ganz still um den Markgrafen geworden. Er erzählt den Umstehenden, dass Tesereiß seine Tjost so lange nicht zu spüren bekam, bis Giburgs Name fiel und dieser ihn bei deren Liebe herausgefordert habe. Und dass er danach noch fünf weitere Könige erschlagen konnte, so wie etliche andere. Ohne zu prahlen, seien es mehr gewesen als er Haare im Bart und auf dem Kopf habe: »Aus ihrem Feldgeschrei konnte ich heraushören, mit wem ich es zu tun hatte. Ich habe immer die Geschmückten erschlagen, denen die Verbände unterstanden, bis ich am Ende ganz alleine zurückblieb. Da bin ich lieber geflohen, als zu sterben.«

Die meisten, die gebannt zugehört haben, erkennen Willehalms Taten anstandslos an. Sie wissen, dass er ihnen keine Lügen erzählt hat. Der König freut sich vor allem darüber, wie erfolgreich sich der Markgraf an den Sarazenen gerächt hat.

Auch die Königin blickt Willehalm dankbar an: »Dass selbst unter den Heiden so manche Frau unseren schönen Vivianz mit mir beweinen muss, werde ich dir nie vergessen, Bruder! Und dass deine tapfere Rache auch die Hohen traf, so dass du die römische Ehre verteidigen und Terramer schwer schädigen konntest.«

Den Abend verbringen die Fürsten und die anderen Vasallen des Königs gemeinsam am Hof. Manche möchten den Damen ihre Aufwartung machen, andere sind gekommen, um Neuigkeiten auszutauschen. Als am nächsten Morgen die Sonne am Himmel aufsteigt, hört man bereits viele Wagen und Karren laut knarren – die Truppen haben sich wieder in Marsch gesetzt. Mit einem Schlag ist die ganze Straße nach Orléans mit den fremden Reiterscharen und ihren Bannern bedeckt. Viele kommen, um

Ruhm zu gewinnen, andere haben ihren Eid geschworen, um ihr Lehen nicht zu verlieren. Jetzt kann auch der Markgraf, ohne Zoll zu zahlen, unbehelligt durch Orléans reiten – niemand hält ihn mehr auf.

König Louis gibt sich freizügig wie einst sein Vater Karl: »Bleibe ich am Leben«, versichert er allen, »werde ich euch für eure Mühen reich belohnen!«

An die Adligen und Fürsten appelliert er: »Seid so kühn, dass ihr euren Vasallen damit Mut macht! Alles, was ich heute besitze, werde ich mit euch teilen. Ich baue auf eure Treue und biete euch dafür meine Hilfe an. Keiner soll es für ehrlos oder feige halten, wenn ich hier bleibe – ich allein kann euch keine große Stütze sein. So aber werdet ihr um so sicherer wieder ausgelöst, solltet ihr in Gefangenschaft geraten. Auch wenn es keine Feldschlacht gibt, hat die Mark doch viele, große Festungen. Führt eure Angriffe aus den Toren heraus! Ihr wisst, dass meine beste Kampfkraft hinter mir in deutschen Landen steht – ich habe euch schnell befreit, wenn es darauf ankommt.«

König Louis gibt Willehalm einen Wink. »Tretet näher heran zu mir, Schwager!«, fordert er ihn anerkennend auf. »Ich weiß seit langem, dass Ihr es versteht, ein Heer zu führen. Ich will Euch hiermit meine Befehlsgewalt übergeben. Alle, die dem Reich zur Hilfe verpflichtet sind, sollt Ihr bitten, sich meinem Wunsch nicht zu verweigern!«

Auch die Königin verspricht, sich für jeden einzelnen Kämpfer einzusetzen: »Wer meinem Bruder jetzt hilft, dem werde auch ich in Zukunft helfen und ihn von seinem Kummer und seinen Sorgen befreien!«

Was die Fürsten bereits in Laon geschworen haben, bestätigen sie auch hier in Orléans. Alle sind sich einig, dass sie lieber einem aus ihrem Stand unterstellt seien, als einem königlichen Hofbeamten. Außerdem wollen sie die Befehle des Markgrafen gerne befolgen und die Heiden ganz bestimmt nicht mit Samthandschuhen anfassen.

Feierlich überreicht der König dem Markgrafen die Reichsfahne: »Niedere und Hohe, wo immer ihr auch kämpft, denkt an unseren guten alten Schlachtruf Munschoi!«, mahnt er die Anwesenden zum Schluss.

Die Fürsten und Lehnsleute des Königs nehmen nun Abschied, um in den Kampf zu ziehen. Heimrich und seine Söhne sind ihnen schon nach Orange vorausgeeilt. Auch Rennewart möchte sich vom König und seiner Frau verabschieden. Aber noch mehr wünscht er sich, auch der Prinzessin Auf Wiedersehen zu sagen.

Schüchtern betritt er die Wiese, auf der Alice abseits von den anderen unter schattigen Bäumen sitzt, und bleibt eine Weile vor ihr stehen. Die Prinzessin bittet ihn um Verzeihung für das, was er vor allem durch ihren Vater zu erleiden hatte. Dann erhebt sie sich: »Mit meinem Kuss sollst du ziehen! Dein Adel wird dich sicher schützen und dich dorthin bringen, wo dich keine Sorge mehr quält.« Mit diesen Worten gibt Alice Rennewart einen zärtlichen Kuss.

Dankbar und gerührt verneigt sich der Knappe vor ihr. »Gott behüte Eure edle Güte!«, spricht er mit gedämpfter Stimme und verbeugt sich zum Abschied ebenfalls höflich vor den anderen Damen.

Willehalm treibt die Verbände unterdessen zur Eile an. Auf den Feldern und in den Wäldern müssen sie sich sputen, die Angst um Giburg sitzt ihm schlimmer als zuvor im Nacken. Insgeheim befürchtet der Markgraf, dass Tibalt sie bereits mit Gewalt zurückerobert hat.

Als sie sich Orange nähern, zieht sich sein Herz schmerzhaft zusammen. Nun glaubt er, endgültig alles verloren zu haben. In der Ferne sieht er einen riesigen Feuerschein lodern, und so viel Rauch ringsum, als stünde die ganze Stadt in Flammen.

So hatte sie nicht mehr gestrahlt,

seit er damals von ihr ging und wie

es ihm ihr süßer Mund geraten hatte,

der nun viele Male geküsst wurde.

Oh weh, dass ein so rauer Bart

ihm ständig nahe kommen musste!

BUCH V

sine het ouch niht sô liehten schîn,

als dô er von ir schiet,

als im ir süezer munt geriet,

der vil geküsset wart.

ouwê, daz ein sô rûher bart

sich immer solt erbieten dar!

DER ANGRIFF AUF ORANGE

Noch weiß Willehalm nicht, was in der Zwischenzeit geschehen ist: Nachdem er Giburg verlassen hat, taucht Terramer während des Waffenstillstandes erneut vor ihrer Burg auf und bedrängt seine Tochter, zum alten Glauben zurückzukehren.

Doch Giburg weist ihren Vater entschlossen zurück: »Soll ich jetzt etwa für Mohammed auf Christus und den mich liebenden Markgrafen verzichten? Es stimmt, ich war eine Königin. In Arabien ging ich gekrönt vor den Fürsten – doch nur, bis ein neuer Fürst mich nahm. Für ihn wollte ich arm sein, und für jenen, der für mich der Höchste ist! Woher hat Tervagant denn seine Kunst und List, wenn nicht vom Allerhöchsten? Was ich für diesen Gott erleiden soll, macht mir keine Angst! Er wird mich leicht entschädigen und aus meinem armen Leib eine reiche Seele machen. Ihr verschwendet eure Kraft, du, und meine anderen Verwandten, wenn ihr euren Ruf und euer Leben auf Tibalts Rat hin aufs Spiel setzt. Nach christlichem Recht bin ich nicht mehr seine Frau. Was also willst du eigentlich an mir rächen? Du scheinst rein gar nichts zu verstehen!«

»Ach, ich freudloser Mann, dass ich solch ein Kind haben muss!«, wirft ihr Terramer vor. »Eine, die derart ihr Glück verspielt und sich von den Göttern lossagen will ... süße Arabel, mach' das nicht! Was ich dir angetan habe und noch antun werde, das tut mir selber weh. Glaub' mir, ich würde für dich sterben! Mohammed ist mein Zeuge: Als Tibalt mich darum bat, gegen dich zu ziehen, habe ich lange gezögert. So lange, bis mich unsere Priester im Namen unseres heiligen Gesetzes beschworen, es doch zu tun. Ich müsse dich töten, um meine Sünden zu tilgen, haben sie mir gesagt. Und doch bist du immer noch meine Tochter. Denke an dein Glück, ehre dein Geschlecht und tu, was du den Göttern schuldest!«

Es fällt ihr schwer, aber Giburg muss ihrem Vater erneut widersprechen: »Warum bist du bloß so uneinsichtig! Willst du mich wirklich von dem Gott trennen, der uns vom Sündenfall erlöst hat? In Eva war die Lust gewachsen, die sie in große Not brachte, in die Gemeinschaft mit dem Teufel, der uns noch immer nachstellt! Du bist doch alt genug, um all die Weissagungen zu kennen: dass Eva schuldig geworden ist, und dass Adams Geschlecht dafür in die Hölle fahren musste. Wer aber hat die Pforten der Hölle durchbrochen und konnte Adams Leid beenden? Nur die heilige Dreieinigkeit! Der einer ist und dabei drei, ganz gleich und auch gleich heilig. Versteh' doch, er ist für uns am Kreuz gestorben und hat uns von der Schuld erlöst – sei also dankbar und glaube auch an ihn!«

Doch das kann ihren Vater nicht überzeugen: »Warum haben denn die drei den einen dann nicht vor dem Tod bewahrt? Diesen Sprössling aus dem Stamme Israel, der behauptet, er sei von einer Jungfrau geboren? Habe ich dich wirklich für jemanden verloren, den sein eigenes Volk ans Kreuz gehängt und erniedrigt hat? Wie kann ich da glauben, dass er unseren Vater Adam tatsächlich aus der Hölle geholt hat? Und die Seelen der Gerechten befreit hat und das auch noch durch Menschenhand? Die Hölle ist bitter und heiß! Viele Qualen gibt es dort, das haben mir die Götter offenbart. Kein Mund ist in der Lage, zu beschreiben, wie traurig es dort ist. Und Jesus von Nazareth soll diese Pforten zerbrochen haben? Wofür werde ich gestraft, dass meine Tochter so einen Unsinn glaubt? Liebe Arabel, bekehre dich zum wahren Glauben!«

»Ich verstehe, dass es dir langsam leid wird, darüber zu reden«, lenkt Giburg ein. »Aber guter Vater, begreife doch: Indem er als Mensch gestorben ist, ist er doch erst zu Gott geworden! Und selbst wenn deine Götter wirklich mächtiger wären als er, möchte ich doch für immer beim tapferen Markgrafen bleiben – dem Mann, den ich wirklich liebe. Sogar Tibalt musste zugeben, dass Willehalm ganze Wälder für seine Speere verschwendet hat. Wie hat er gekämpft, als er durch König Sinagun in Gefangenschaft geriet, bald darauf wussten alle Sarazenen von seinen Heldentaten! Ich habe ihn für seine Qualen belohnt und befreit. Seitdem diene ich ihm und seinem Gott. Versteh' doch, ich will an meiner Taufe festhalten! Tibalt soll weiter dort herrschen, wo du mich gekrönt hast. Damals hast du mich noch geliebt, als du mir dieses Land übergabst. Wenn du auf Tibalt hörst, wirst du mich weiter hassen müssen. Er trägt deinen Ruf zu Markte, um an sein Erbe zu gelangen. Er beansprucht immer noch Sevilla und behauptet, dass er auch auf die Hälfte der Provence und Arles Anspruch hat – willst du wegen dieser Lügen die Liebe zu deinem eigenen Kind aufgeben? Wo bleibt deine alte Güte? Du verlierst an mir dein ganzes Heil. Gib doch Tibalt und Emereiß alles, was ich geerbt habe und lass' mich in Armut leben!«

Doch all das lange Reden hilft nichts, Giburgs Vater droht ihr wieder mit dem Strang. Emereiß verteidigt seine Mutter und hält mutig dagegen, aber Terramer macht immer weiter, einmal fleht er Giburg an, um sie bald darauf wieder mit dem Tod zu bedrohen. Doch was er auch unternimmt, er schafft es nicht, sie zur Aufgabe von Orange zu überreden.

Seinem vergeblichen Flehen lässt Terramer Taten folgen. Für Giburg und die restliche Besatzung wird es immer schwieriger, der Belagerung weiter standzuhalten. Doch sie haben Glück im Unglück, irgendwann halten die Sarazenen den Gestank der herumliegenden Leichen und toten Pferde nicht mehr aus. Die erfahrenen Männer raten dem Großkönig, eine Zeit lang abzuziehen, weil das ganze Land verwüstet sei und im Moment von niemandem Gefahr drohe. Das gesamte Heer bittet ihn, sich zur Küste an den Hafen zurückzuziehen. Hätten sie von den Schiffen erst einmal neuen Proviant geholt und wieder frische Luft geholt, versprechen sie, kämen sie auf seinen Wunsch hin sicher wieder vor die Stadt zurück. Terramer sieht ein, dass er dem Drängen seiner Leute nachgeben muss. Doch er stellt ihnen eine Bedingung: In der Nacht soll die Burg seiner Tochter noch einmal mit aller Macht angegriffen werden.

Die Männer gehorchen. Als die Sterne bereits am Himmel leuchten, wird Giburg böse überrascht. Alle feindlichen Truppen, die Männer an den Kampfmaschinen, die Soldaten, die Bogenschützen und die gesamte Ritterschaft, nehmen Orange hart unter Beschuss. Die Festung gerät in einen Hagel aus Steinen, Feuer, Pfeilen und Speeren. In Windeseile breiten sich die Flammen aus, in denen alle Christen der äußeren Stadt ihr Leben lassen müssen. Giburg fleht ihr kleines Heer an, wenigstens das innere Orange zu halten, was ihnen auch knapp gelingt.

Nach einer Weile, die ihnen wie eine Ewigkeit erscheint, sehen sie, wie die Sarazenen langsam nach Alischanz abziehen – dorthin, wo Mile, Vivianz und all die anderen bereits ihr kostbares Leben verloren haben.

Immer noch scheint es, als setzen die Feuer den Himmel und das ferne Meer in Brand, als der Markgraf mit seinem Heer endlich Orange erreicht. Es sind die Feuersbrünste und der Anblick der verlassenen Belagerungsstätten, die sein Herz im selben Moment zum Stocken bringen. Verzweifelt hält er zusammen mit seinem Heer Ausschau und überlegt, wo die Sarazenen sein könnten – vielleicht in Richtung der starken Feuer, wo mitten in der Nacht rein gar nichts mehr zu erkennen ist?

»Im Moment kann ich keine Feiglinge gebrauchen. Ich brauche euch als Helden!«, versichert sich Willehalm seiner Männer, doch seine Augen flackern unruhig hin und her. »Wieso muss ich heute schon in den Kampf, ohne meinen Vater und meine Brüder? Bis ich zurückkomme, wollte Giburg Orange halten, doch wie es aussieht, hat man sie inzwischen herausgeholt. Ob ich ihr überhaupt noch helfen kann?«

Willehalm zwingt sich, vor den umstehenden Fürsten stark zu bleiben. »Denkt daran, dass euch der König ausgesandt hat, um die römische Ehre zu verteidigen. Wappnet euch nun und helft mir, damit meine schöne Frau bei mir bleiben kann! Ich werde als erster erkunden, was die Feinde treiben. Ihr könnt so lange in den gewohnten Truppen bleiben. Danach werden wir sie zusammen von allen Seiten zu einem kleinen Turnier auffordern. Sie haben es ja bereits zu spüren bekommen, dass wir uns auf Ritterschaft besser verstehen als sie. Was kümmert es uns also, dass sie mehr sind als wir? Gottes Segen ist mit uns!«

Auf dem schnellsten Weg zieht der Markgraf auf seinem Kampfross Volatin davon, begleitet von Rennewart und seinen engsten Anhängern. Inzwischen ist es Tag, und Willehalms Heer kündigt seine Ankunft mit Trompeten und Trommeln lautstark an. Auf den Bergen und in den Tälern stürmen die ersten Truppen nach vorn, eingetaucht in ein riesiges Meer aus bunten Bannern und frisch geputzten Helmen, die in der Sonne blitzen.

Der Markgraf eilt voran, direkt auf die Feuer zu, die ihn in der Nacht so erschreckt haben. Rennewart folgt ihm dicht zu Fuß. Brandgeruch und Verwesungsgestank liegen in der Luft, unbestattete Leichen und Tierkadaver liegen verstreut auf den Wegen. Als Rennewart die vielen Belagerungstürme und Wurfmaschinen sieht, will er am liebsten gleich mit seiner Stange losschlagen. Auch Willehalm rechnet mit dem Schlimmsten, doch schon bald kann er aufatmen. Durch den Rauch kann er erkennen, dass sich Terramers Truppen offenbar zurückgezogen haben und dass seine Festung noch steht.

Zur gleichen Zeit sieht Giburg das Heer des Markgrafen herannahen. Weil ihre Sicht durch die abgebrannten, rauchenden Hütten getrübt ist, nimmt sie jedoch an, dass die Sarazenen zurückkommen. Eilig steigt sie in ihre Rüstung und läuft zusammen mit den anderen zu den Zinnen. Dort stellt sie sich mit hoch erhobenem Schwert kämpferisch auf. Neben Giburg stehen der Kaplan Stefan und ihre Damen, auch sie in rußbedeckte Rüstungen gehüllt.

Als der Markgraf entdeckt, dass es in der Festung noch Leben gibt, eilt er sofort zum Tor und ruft laut hinauf: »All' ihr Gesunden und Verletzten, seid herzlich gegrüßt! Wie ist die Lage, lebt die Königin noch?«

Doch Giburg und die anderen Überlebenden erkennen Willehalm auf Volatin schon wieder nicht. »Herr, wer seid Ihr«, ruft Giburg laut auf Arabisch, »dass Ihr Euch hier so nahe heran traut, ohne dass Waffenstillstand herrscht? Ihr seid wirklich zu verwegen, das wird Euch schaden! Ich werde gleich näher an Euch heranrücken und mich mit Euch bekannt machen!«

Hinter dieser forschen Stimme kann Willehalm seine Frau ebenfalls nicht sofort ausmachen. Verunsichert fragt er zurück: »Sagt mir doch, wo ist die schöne Königin? Ist sie noch gesund?«

Jetzt erst begreift Giburg, dass es die Stimme ihres Mannes ist – Glück und Freude durchfahren sie so, dass sie bewusstlos auf den Zinnen zusammensackt.

Der Markgraf, der keine Antwort mehr hört, wird unruhig. Niemand schließt ihm das Tor auf. Es ist auch von innen mit Schlössern fest abgesichert, damit keiner auf die Idee kommen kann, zu flüchten. Giburg selbst trägt die kunstvoll geschmiedeten Schlüssel bei sich.

Als die Königin wieder zu sich gekommen ist, läuft sie so schnell es geht zum Tor und schließt ihrem Liebsten auf. Seit er sie verlassen hat, hat sie nicht mehr so gestrahlt wie in diesem Moment. Leidenschaftlich überhäuft sie sein bärtiges Gesicht mit Küssen, selbst verdreckt und gezeichnet von dem Angriff auf ihre Burg. Mutig hat sie mit der Armbrust geschossen und sich mit Würfen und mancher List verteidigt. Da erst bemerkt sie Rennewart, der ein wenig verschämt mit seiner Stange spielt und sie von einer Hand in die andere wirft. »Wer ist dieser Fußknecht?«, fragt Giburg den Markgrafen erstaunt. »Müssen wir Angst vor ihm haben? Er gebärdet sich so wild!«

»Diesen Knappen«, erklärt er stolz, »gab mir der römische König und noch mehr Hilfe dazu. Viele Leute meines Standes sind unterwegs, um uns zu unterstützen. Wenn die Feinde hier auf uns gewartet haben, dann zurecht! Wir werden es ihnen dermaßen zeigen, dass es sogar die Engel im Himmel hören werden. Und wenn jeder Berg und jedes Tal voller Heiden ist, sie sollen ihren Kampf bekommen!«

Willehalm nimmt Giburg tröstend in den Arm und drückt sie fest an seine Brust. Dann wendet er sich an die anderen Überlebenden in der Festung. Bewegt verspricht er ihnen, in Zukunft alles mit ihnen zu teilen: »Ihr habt mir meine Frau gerettet und die Stadt gehalten. Jeden, der für mich gelitten hat, ob Frau oder Mann, ob hochgeboren oder nicht, werde ich dafür belohnen, mit Lehen und Geschenken – so lange ich im Besitz der Mark bin, mache ich euch reich!«

Das Treueversprechen des Landesherrn rührt die Besatzung

sehr, und nach einiger Zeit gehen sie auseinander. Auch Rennewart muss hier nicht mehr befürchten, von irgendwem vertrieben zu werden. In aller Ruhe kann er sich um Volatin kümmern,
dem ein guter Platz zugewiesen wird. Als er ihn pflegt, erkennt
er vorne am Bug des Pferdes ein persisches Brandzeichen aus Samarkand. Hätte er gewusst, wie das Pferd seines Onkels Arofel
erbeutet wurde – es hätte ihm sicher sehr leid getan.

WILLEHALMS BRÜDER KOMMEN

Giburg hat ihren Mann in eine Kemenate begleitet, damit sie sich endlich von ihren schweren Rüstungen befreien können. Willehalm will seine noch anlassen, doch Giburg ist dagegen. Noch vermutet sie, dass es seine Ankunft war, die ihren Vater zum Hafen vertrieben hat: »Ziehe ruhig deinen Harnisch aus und lass deinen Verwandten und Helfern ausrichten, die Heiden seien für eine Weile weggezogen – ich weiß allerdings nicht, wie viele Meilen von hier. Mein Knappe hat ihren Abzug bemerkt und sie bis zur kleinen Brücke im Tal verfolgt. Er hat gesagt, dass sie schnell davonziehen. Sie haben mich in große Not gebracht, aber Gott hat mir allein schon durch dein Kommen geholfen. Vergiss' trotzdem nicht, einen Wächter aufzustellen! Mein Vater versteht sich auf vielerlei Listen. Du musst aufpassen, dass er dein Heer nicht aus dem Hinterhalt erwischt und schlägt!«

»Kannst du mir vielleicht Boten stellen?«, fällt es Willehalm plötzlich ein. »Sie sollen den Franzosen ausrichten, sich nicht zu sehr darüber zu ärgern, dass uns die Heiden erst einmal entkommen sind. Die Fürsten sollen auf den Wiesen auf mich warten, ich bin bald bei ihnen.«

Giburg schickt daraufhin schnell einen Boten in Richtung der herannahenden Truppen, ein anderer soll sich als Spion unter die Feinde mischen.

Für eine Weile zieht der Markgraf seine Rüstung nun doch aus. Mit Genugtuung sieht er, wie seine Franzosen schon so früh am Tag eilig heran reiten. Bald wissen auch sie, dass es vorerst zu keinem Kampf kommen wird, und beginnen, ihre Lager aufzuschlagen. Doch so schön sie die Fürsten mit ihren kostbaren Zelten auch schmücken – keines von ihnen, gesteht sich der Markgraf ein, kann sich mit den edlen, seidenen Lagerstätten der Sarazenen messen.

»Es würde den Leuten hier sicher besser gefallen, wenn wir

sie für ihre Mühen mit Speis und Trank entschädigen könnten«, wendet sich Willehalm mit bedrückter Miene wieder Giburg zu. »Früher konnte ich mir das leisten, doch jetzt sind mir meine Leute und auch die Lebensmittel verbrannt. Mir ist nichts mehr geblieben.«

Das Gesicht der Königin hellt sich auf: »Es freut mich, dass du nachfragst. Wir haben noch genug Vorräte da, so viele, dass alle Ritter meines Vaters noch Wochen davon zehren könnten!«

Giburg weist ihre Diener sofort an, ein großes Mahl vorzubereiten. Danach genießen sie gemeinsam den Blick aus den Fenstern – lange schon haben sie die Gegenwart von Freunden entbehren müssen.

Inzwischen haben die Franzosen aus den Futterkrippen der Sarazenen fleißig neue Unterkünfte gezimmert. Doch noch immer vermisst der Markgraf seine Brüder und engsten Freunde. Im gleichen Moment sieht Giburg eine riesige Staubwolke aus Sand und aufgewirbelten Blättern auf sie zukommen: »Was sollen wir jetzt machen?«, fragt sie erschrocken. »Das ist bestimmt Tibalt, der da angeprescht kommt!« Doch der Burgherr winkt ab und lacht. «So machen sie's richtig! Sie glauben, dass die Feinde schon bei uns sind. Da kommt mein lieber Bruder Buove, vor dem wird uns Gott sicher leicht schützen können!«

Unterdessen vertreiben sich einige Ritter die Zeit mit einer Falkenjagd, andere bauen noch ihre Lager auf oder ruhen aus. Die Knappen haben sich vom Heer gelöst und stürmen in Gruppen aufeinander los, um für den Kampf zu üben. Bald treffen auch Buove und seine Leute ein, einer ihrer Späher hat bereits Entwarnung gegeben. Während sie ihr Lager aufschlagen, kommen abermals neue Reiterscharen in wilden Staubwolken herangeritten.

»Was glaubst du, wer das ist?«, fragt Giburg Willehalm, wieder misstrauisch geworden. »Denk' daran, was ich dir heute schon gesagt habe! Der König von Marrakesch ist seinen Feinden gegenüber sehr skrupellos und andere Truppen meines Vater auch.

Wappne dich dagegen!« Doch der Markgraf kann sie erneut besänftigen: »Ich erkenne ihn, dort kommt mein anderer Bruder Bernhard! Sein Sohn war immer bei mir und trug meine Fahne. Er ist hier, um sein Kind zu rächen.«

Bernhard gesellt sich bald zu seinem Bruder Buove. Wie sein Bruder schlägt er seine Zelte auf einer großen Wiese auf, wohin sich schon die ersten Ankömmlinge zurückgezogen haben. Sie liegt ein gutes Stück abseits vom Belagerungsring, den Rauch und Gestank unbewohnbar gemacht haben.

Das Heer des Markgrafen wächst derweil von Stunde zu Stunde weiter an. Viele der Männer sind zwar erschöpft von der durchrittenen Nacht, aber trotzdem zu allem bereit. Auch die schwer bewaffneten Truppen, die Willehalms Vater Heimrich mitbringt, sind mutig auf die Feuer in der Ferne zugeritten und zum Kampf entschlossen. Mit seinen Söhnen Bertram, Gibert und Ernalt gesellen sich fast zur gleichen Zeit drei weitere Brüder Willehalms mit ihren großen Heeren dazu.

Giburg, die das Geschehen von der Burg aus mitverfolgt, freut sich immer mehr – erst recht, als Willehalm ihr sagt, dass dort offenbar noch einer seiner treuen Brüder angeritten kommt. Es ist der junge Heimrich, den man den »Schetis« nennt. Er ist der jüngste und ärmste unter ihnen, dennoch ist er berühmt für seine harte Tjost und ist ein Bild von einem Ritter. Er wird von König Schilbert von Tandarnas begleitet, einem befreundeten und ebenso mittellosen Mann. Die zwei tapferen Männer bringen eine große Armee mit, mit der sie als Söldner bereits für die Markusrepublik Venedig gekämpft haben. Ihre Schilde sind zerstochen und zerhauen, und ihre Rüstungen zerbeult. Schon in der Nacht sind sie den Sarazenen nachgeritten, haben sich mit ihnen ein wildes Gefecht geliefert und dabei reiche Beute gemacht.

Der Schetis wird von seinen Brüdern mit großer Begeisterung empfangen und dem alten Heimrich laufen vor Rührung Tränen über die Wangen. Zwar hat es sein Jüngster noch nicht geschafft, ein eigenes Lehen zu erwerben – aber er ist trotzdem sehr stolz auf ihn. Die Männer seines Sohnes laden unterdessen ab, was sie von den Sarazenen erbeutet haben. Sie sind nur mit ihrer Rüstung, ihrem Schild und Speer gekommen, nicht einmal ein eigenes Zelt haben sie dabei.

Auch Willehalm kennt seinen Bruder gut genug, um zu wissen, dass es sich bei den zerschlagenen Rittern dort unten nur um die Leute seines kleinen Bruders Heimrich handeln kann: »Unser Schetis hat zuletzt bei den Venezianern gekämpft«, berichtet er Giburg. »Er ist es ganz bestimmt, der da gekommen ist!«

In seiner Freude kann Willehalm gar nicht damit aufhören, Giburg zu umarmen und an seine Brust zu drücken – eine Ewigkeit lang hat sie sich danach gesehnt. Vor lauter Liebe merkt Willehalm nicht einmal, dass seine Frau immer noch in ihrer verdreckten Rüstung vor ihm steht.

Langsam wird es Zeit, sich um das bevorstehende Essen zu kümmern. Die Fürsten und ihre vornehmen Vasallen wissen schon, dass sie heute an die Tafel des Markgrafen geladen sind. »Wenn mein Vater bereit ist, könnte ich ihn jetzt zu dir führen«, schlägt Willehalm Giburg vor. »Bitte begrüße auch die anderen Fürsten in aller Form! Man soll sich auch beeilen, an alle Wände Sitzkissen auszulegen, und davor genügend Teppiche auszubreiten. Und auf die Kissen sollen nur die besten, seidenen Decken gelegt werden!«

Die beiden gehen auseinander. Giburg eilt zu ihren Dienern, und der Markgraf reitet hinab zu seinem Vater und den Brüdern, die ihn schon in ihrem großen Zelt erwarten. Unter ihnen ist auch der Schetis, den er freudig begrüßt. Seinen Begleiter, König Schilbert, lädt Willehalm ebenfalls herzlich in die Burg ein und empfängt auch die anderen Mittellosen mit Anstand und Respekt.

Danach reitet er weiter zu den Fürsten, die der römische König gesandt hat. Jeden einzelnen bittet er, zum Empfang Giburgs zu kommen. Zwar, sagt er, sei das ganze Land verwüstet, doch das, was von den Vorräten noch übrig sei, wolle er gerne mit ihnen teilen. Vorsichtig fragen ihn die Fürsten zurück, ob sie sich nicht an den geschwächten Leuten in der Stadt versündigten, wenn sie deren Essen verzehren würden. Doch Willehalm kann sie beruhigen: Es sei genug für alle da.

Ein fürstlicher Empfang

Mit kleinem Gefolge, aber voller Vorfreude reiten die Fürsten und Barone bald hinauf in die Stadt. Die anderen Ritter werden gebeten, im Lager selbst für ihr Wohl zu sorgen.

Auch die jungen Burgdamen sind glücklich, dass sie sich jetzt endlich von ihrem schmutzigen Waffenkleid trennen können. Lächelnd ermahnt sie Giburg: »Bitte legt eure besten Kleider an! Und macht euer Gesicht und die Haare hübsch zurecht – wenn euch ein Mann seinen Dienst für eure Liebe anbietet, soll er nicht gleich die Lust dabei verlieren. Sorgt schon vorher dafür, dass ihm der Abschied von euch schwer wird! Und vergesst nicht, höflich zu sein, gebt euch so, als wär' euch nie ein Leid geschehen. Seid anständig und freundlich, wenn sich ein Ritter zu euch setzt, und redet nicht so viel, wenn er fragt, was ihr durchgemacht habt. Sagt lieber: Wenn ihr bereit zum Kämpfen seid, brauchen wir nicht mehr zu klagen. Denkt daran, kein Fürst steht so hoch, dass er nicht auf ein Mädchen hört!«

Leise kichernd stimmen die Damen Giburg zu, während diese sich durch das verwirrte Haar fährt: »Ich werde mich nun ebenfalls herrichten, meine ganze Haut ist von den Panzerringen gequetscht und vom Rost der Rüstung beschmiert.«

In kürzester Zeit haben die Frauen und Mädchen ihre schönsten Kleider und ihren besten Schmuck angelegt und in der ganzen Burg ist für die Bequemlichkeit der Gäste gesorgt. Auch die hohen Herren haben sich nicht lumpen lassen. Prächtig gekleidet reiten sie ein, allen voran Heimrich von Narbonne und sein Gefolge.

Als er abgestiegen ist, lässt der Graf dem jungen König Schilbert den Vortritt. An der Hand führt er ihn direkt zu Giburg, die sie schon an der Fensterwand des Festsaals erwartet. Sie hat sich in einen edlen Rock und Mantel gehüllt, deren fein gewebte Seidenstoffe aus dem fernen Alamansura stammen. Nur ab und an schlägt sie den Mantel nach vornehmer, höfischer Sitte etwas auf. Darunter kann man einen Blick auf ihren mit Edelsteinen besetzten Gürtel erhaschen, der ihre Hüfte und Taille aufs Schönste ziert – auf einen Schlag hat die anmutige Giburg alle Herzen für sich gewonnen.

Der alte Heimrich ermuntert sie, den König von Tandarnas zur Begrüßung zu küssen, was sie gerne befolgt. Als sie ihren Schwiegervater genauso willkommen heißen will, bittet er sie jedoch, erst den anderen Fürsten den Vortritt zu lassen – ihm sei schon so viel Ehre von ihr widerfahren, versichert er. Jeden der Fürsten stellt er danach mit Land und Namen vor und führt sie anschließend zu seiner Schwiegertochter. Er hätte sie nicht höfischer empfangen können, und alle sind sehr zufrieden.

Nachdem Giburg auch ihn und seine Söhne begrüßt hat, lassen sich die Gäste langsam auf die bereit liegenden Kissen nieder. Die Damen verteilen sich in bunter Folge zwischen die Ritter. Als sich der alte Heimrich zu Giburg setzt, werden beide von ihren Gefühlen übermannt, und Tränen fließen über ihre Gesichter.

»Eure Treue«, sagt Heimrich anerkennend, »hat uns gezeigt, dass sich unser Leid wieder in Freude verwandeln wird. Hättet Ihr anders gehandelt, hätten wir unsere Ehre eingebüßt, und das ganze Land wäre verloren gewesen – Ihr habt das Sterben unserer Verwandten reichlich aufgewogen. Wenn wir Euch jetzt nicht ehren wollten, wären wir verrückt und trügen für immer Schuld vor Gott. Aber denkt an meinen Dienst und an den der anderen Fürsten hier, und hört bitte auf zu weinen, mäßigt Euren Schmerz!«

Ihre Hand liegt in der seinen, als Giburg Heimrich leise schluchzend von ihren Erlebnissen erzählt. »Was habe ich den Christen und Heiden nur angetan! Für mein Unglück mussten sie sterben. Aber wie hätte ich meine Liebe denn jemals unterdrücken können? War doch Willehalm so tugendhaft und so kühn. Und was hat der bittere Tod meinem schönen, reinen Vivianz angetan! Andere standen neben seinem Glanz im Nebel. Ich werde ewig um ihn trauern. Es wird auch kein Tag vergehen, an dem ich den edlen Mile nicht beweine, und die anderen, die wir verloren haben. Bitte seid nachsichtig mit mir, weil mir die Freude so aus dem Herzen gewichen ist.«

Giburg hebt ihren Kopf und blickt Heimrich fest in die Augen. Die anderen am Tisch verstummen. »Doch hört bitte auch, wie viel Verwandte mir der Tod auf Alischanz genommen hat! Es ist mein Recht und meine Pflicht, sie zu betrauern, auch wenn sie nicht getauft waren. Wir sind miteinander verwandt, darum ist ihr Tod für mich ein Verlust. Als mir mein Vater hier unter diesem Fenster von den Toten erzählt hat, hat er seine Leute gebeten, wegzureiten, so groß war sein Schmerz ...«

Giburg berichtet, wie Terramer seine Aufzählung mit König Tesereiß begonnen und mit vielen ihrer Verwandten fortgesetzt habe. Darunter seien so ruhmreiche Könige wie Pinel und Arofel gewesen, der schöne Tenebruns und der liebenswerte Naupatris, den man tot in seinem Waffenschmuck aufgefunden habe. Dreiundzwanzig gefallene Könige habe ihr Vater aufgezählt und unzählige Fürsten und Emire dazu. Die meisten von ihnen hätten bis an ihr Lebensende ruhmvoll und ohne Fehl und Tadel gelebt.

»Mein Vater war verrückt, dass er mit einem so großen Heer die eigene Tochter bekriegt hat!«, erzählt sie händeringend weiter. »Alle unsere toten Verwandten hätte er verschmerzt, wenn ich wieder seinen Göttern huldigen würde. Mein Sohn Emereiß bot sogar an, dem Land allen Schaden zu ersetzen. Er wollte ihn nach Karls Gesetz mit barem Geld bezahlen! Der treue König von Skandinavien, Matribleiß, hätte ihm dabei zur Seite stehen sollen. Zehnfach hätte er alles vergolten, wenn ich nur zurückgekommen wäre. Doch ich habe meinen Sohn gefragt: Schickt sich das für dich? Du solltest anders reden! Willst du mich etwa zur Ware machen, dass man mich auf dem Markt ersteigern soll wie ein Stück Vieh?«

Die Königin erklärt ihnen, wie sie ihnen deutlich zu machen versucht habe, dass man weder sie noch den Markgrafen kaufen könne, nicht mit allem Geld und Gold der Welt. Doch sie hätten einfach keine Ruhe gelassen: »Mein Vetter Halzebier schlug daraufhin vor, die gefangenen acht Fürsten frei zu lassen, meine Rückkehr würde ihn sogar für die hohen Verluste entschädigen – zwanzigtausend seien alleine aus seinem Reich gefallen. Ich fragte ihn, wer denn die Gefangenen seien. Es sind die Grafen Gaudin, Huwes aus Mailand und Giblin, Pfalzgraf Bertram, Hunas von Saintes, und die Brüder von Blaye, Gerhard, Witschart und Samson. Außer ihnen hat keiner überlebt. Es waren meine besten Freunde, die in diesem Kampf ihr Leben verloren. Man hat ihnen einen großen Friedhof eingesegnet, Engel haben ihn geweiht. Ihre Leichen liegen in vielen Särgen aus schönem Stein, die nicht von Menschenhand gemacht sind.«

Keiner, der Giburg zugehört hat, ist so ohne Gefühl, dass er nicht weinen muss. Doch sie freuen sich sehr darüber, dass der Pfalzgraf und sieben von Willehalms Verwandten noch leben. Der bewegte Markgraf kann sein Glück kaum fassen: »Wenn Gott gnädig ist, schickt er mir nach dem Weinen auch wieder das Lachen zurück.«

Heimrich und alle seine Söhne bedanken sich noch einmal bei Giburg, dass sie nicht auf den Rat ihres Vaters gehört und keines der Angebote angenommen hat. »Sieben der Gefangenen sind meine Blutsverwandten, der achte ist mein geliebter Sohn Bertram«, fasst Bernhard zusammen. »Trotzdem, ich lasse ihm lieber Bogensehnen aus seiner Haut schneiden, bevor uns Tibalt Giburg mit Gewalt nimmt oder sie uns abkauft und unsere Ehre raubt!«

Auch der Markgraf wendet sich voller Bewunderung an seine Frau. »Wie ich höre, haben Euch die Heiden noch nicht vergessen. Das müssen sie mir lassen, wen auch immer sie von meinen Verwandten gefangen halten, an Euch besitze ich mehr als diese Pfänder. Sollen sie doch andere nehmen, wenn sie wieder kämpfen wollen!«

Inzwischen sind die Tücher für die schmalen, langen Tische hereingetragen worden. Der Markgraf bedauert, dass nur wenige der Ritter in die Burg kommen konnten: »Ich habe schon mehr hier bei mir sitzen gesehen. Ihr könnt meinem Schwiegervater die Schuld an meinen toten Verwandten und an dem verwüsteten Land geben – so sieht seine Mitgift für mich aus! Wäre Tibalt alleine losgezogen, sein Kriegszug wäre gescheitert – ohne Terramers Truppen hätte ihm kein einziger seiner Götter helfen können!« Willehalm blickt seinen Vater aufmunternd an. »Doch nun sieh zu, wie du die Fürsten alle setzt! Bitte deine Leute, uns heute wie zuhause in Narbonne zu bedienen. Ich habe alle meine treuen Hilfen verloren. Sie wichen nicht von der Fahne, bis ihr Blut in Strömen floss.«

»Ich habe auch schon daran gedacht«, stimmt ihm Heimrich zu und richtet sich an seine Gefolgsleute: »Richtet euch nach meinem Sohn, ihr seht ja, in welcher Not er ist! Gebt uns so sein Brot, als ob die Seinen noch am Leben wären, so freundlich und so reichlich wie sie es getan hätten. Was mein Sohn besitzt, gehört wohl auch mir. Auch die Herrin, der ich stets vertraut habe, wird es mir sicher gönnen.«

»Ja, Herr«, antwortet Giburg, »von Herzen gern! Und wenn mir die befreiten Länder Tibalts ganz allein dienen müssten, ich würde sie Euch anvertrauen. Wir möchten Eures Sohnes Gut nur ungern für uns allein verzehren. Mein Herz ist Euch und Euren Söhnen untertan.«

»Ich werde Euch immer helfen, wo ich kann«, erwidert der alte Fürst. »Wenn mein Rat gefragt ist, dann werden Euch meine Verwandtschaft und meine Söhne stets treu zu Diensten stehen.« Er bittet die Königin, mit den Damen sitzen zu bleiben: »Lasst mich hier heute der Wirt sein! Ich komme dann wieder zu Euch.«

Mit dem Stab in die Hand weist Heimrich nun allen Gästen ihren Platz zu, bittet seine edlen Ritter, sie aufs Angenehmste zu versorgen, und wünscht ihnen für das Mahl Gottes Segen. »Frauenhände haben es für uns gerettet, deshalb sollt ihr es bitte annehmen! Nehmt so viel ihr wollt, Orange wurde gut von denen versorgt, die jetzt auf Alischanz geblieben sind. Ihr Tod hat uns hierher geführt – verzehren wir, was sie uns ließen, und freuen wir uns, dass sich ihr Reichtum im Himmel vermehrt hat!« Damit setzt sich der alte Fürst wieder zu Giburg und eröffnet mit ihr zusammen das Mahl.

Schöne Frauen sitzen an den Tischen, doch Heimrich hat nur Augen für die Frau seines Sohnes. Die zwei essen wenig. Dem alten Grafen ist Giburgs Rede zu Herzen gegangen, er möchte gerne noch mehr wissen.

Als er sie fragt, wer ihr außer Tibalt am meisten zugesetzt hat, antwortet sie: »Alle haben gegen mich gewütet, nur mein Sohn Emereiß nicht – obwohl er genügend Ritter in seinem Lager hatte. Er hielt es für würdelos, dass ich Angst vor seinen Leuten haben soll. Auch das klagende Heer des gefallenen Tesereiß zog vor Orange, aber ich wurde von ihnen nicht behelligt. Tesereiß' Männer erklärten mir später, dass sie sich ihre Rache für die Zeit aufheben wollen, in der der Markgraf wieder da sei. Wie das Heer von Tesereiß weigerte sich auch das von Naupatris, eine hilflose Frau anzugreifen. Sie sagten, gegenüber edlen Frauen sollen sich edle Männer so verhalten, dass sie ihnen stets zu Diensten sind und sich um ihren Lohn bemühen – trotzdem waren sie deswegen sicher nicht feige! Viele andere Truppen, die ohne Anführer waren, haben mich dagegen heftig angegriffen, allein zehn meiner Brüder haben mir offen ihren Hass gezeigt. Auch Poidjus von Griffane und meine anderen Verwandten haben mich nicht geschont, Tibalts ganze Verwandtschaft war dabei. Ich hätte gerne mehr Freunde unter ihnen gehabt, sie aber wünschten mir nur Unglück.«

Neue Tränen trüben Giburgs klaren Blick, doch ihr Schwiegervater bittet sie erneut, nicht mehr zu weinen – es solle doch ein unbeschwertes Essen für den Burgherren und seine Gäste werden.

»Wenn Ihr es befehlt, werde ich es tun«, antwortet ihm Giburg, »doch mein Herz spricht eine andere Sprache.« Heimrich beugt sich verständnisvoll zu ihr vor. »Dann trauert bitte so, dass Ihr dabei niemanden erschreckt. Manchmal sitzen Mutige und Feige direkt nebeneinander. Bei meinen Söhnen bin ich mir zwar sicher, dass sie ihren Mut nicht sinken lassen werden, von meinen Fürsten kann ich das aber nicht unbedingt behaupten. Viele von ihnen sind für harte Ritterkämpfe nicht geschaffen.« Und entschlossen fügt er hinzu: »Wir müssen den Leuten Zuversicht geben, das hat schon so manchen Feigling wieder tapfer gemacht!«

Alle Edlen bemühten sich,

das Kreuz zu erhalten,

das ihnen viele Priester reichten,

hier dem Ritter, dort dem Sergeant.

Wo man gute Turkopolen fand,

gleich ob arm oder reich,

nahmen sie alle auch das Kreuz.

Buch vi

die werden wurben'z alle sô,

daz si des kriuzes gerten,

des si vil priester werten,

hie den rîter, dort den sarjant.

swaz man guoter turkopel vant,

beidiu arme und rîche,

nâmen daz kriuze al gelîche.

Rennewart beim Festmahl

Mit der Ankunft des Reichsheeres kann sich Willehalm von seinem Gelübde lösen und darf endlich mehr essen als nur Brot. Er greift ordentlich zu, was immer man ihm aufträgt.

Ehrfürchtig tritt sein Knappe Rennewart zu den Gästen. Nach wie vor trägt er die schwere, riesige Stange wie einen Lanzensplitter in der Hand. Ob Burgunder, Bretone, Flame, Engländer, Brabanter oder Franzose, jeder im Saal wundert sich, was er will. Was sie nicht wissen: Hereingekommen ist der Sohn des mächtigsten Herrschers ihrer Zeit.

Zwischen die hohen Marmorsäulen, direkt unter ein Gewölbe, lehnt Rennewart seine Stange an. Obwohl er vom Laufen verschwitzt und schmutzig ist, erkennen alle, wie ungewöhnlich schön er ist, aber auch, dass er noch ein halbes Kind ist. Niemand jedoch versteht, warum der Junge mit den großen, klaren Augen so grimmig vor sich hin schaut. Einige derer, die beim Essen sitzen, bekommen Angst, er könne ihnen etwas antun. Aber das hat er gar nicht vor, so lange man ihn nicht reizt: Rennewart strebt einzig und allein nach Ruhm, seit er Alice in Laon verlassen hat.

»Wer ist der kühne junge Mann dort?«, fragt Heimrich Giburg verwundert. »Eigentlich ist er ein Fürst«, erklärt sie. »Aber man hat ihm in jungen Jahren nicht das Leben gegönnt, das ihm zustand. Ich meine, man hätte ihn besser behandeln müssen. Er ist unglaublich schnell, zu Fuß kam er schon vor den Reitern an und hätte auch gleich losgeschlagen, wenn Feinde dagewesen wären. Der Markgraf erzählte mir, dass er ihn vom König Louis geschenkt bekommen habe. Selten hat eine Frau so ein schönes Kind geboren. Er ist auch von sanftem Gemüt und durchaus fügsam. Man kann ihn leiten wie ein Mädchen, er tut gern, was man ihm sagt. In meinem Herzen spüre ich, dass mir sein Kommen bald viel Freude oder Kummer bringen wird. Manchem meiner Verwandten sieht er sehr ähnlich. Ich liebe ihn, ohne zu wissen warum, und er hasst mich vielleicht.«

Rennewart ist auf dem Weg zu Willehalm, der ihn freundlich begrüßt: »Ich bitte dich, trete vor die Hausherrin und vor den Fürsten dort mit dem weißen Haar. Beide sind es wert, dass man ihnen dient, und er ist ganz bestimmt nicht feige. Dieser Falke würde mir im Flug den Kranich holen, wenn ich ihn darauf los ließe.«

»Herr«, erwidert Rennewart, »ich stehe zu seinen Diensten und allen, die es wünschen und es freundlich verlangen.« Kaum hat er dies gesagt, tritt er höflich vor Giburg. »Und was, wenn dein Gast seinen Zorn nun an uns auslässt?«, raunt Heimrich Willehalm zu. »Das hätten wir nicht verdient!«

»Ich werde alles auf mich nehmen, was er auch anstellen mag«, beruhigt ihn der Markgraf. Daraufhin bittet Heimrich Rennewart, doch zu bleiben und sich am Ende der schmalen Tafel hinzusetzen, auf den Teppich zur Königin. Das gefällt ihr sehr.

Als sich Rennewart zu ihr setzt, betrachtet Heimrich staunend seinen Körper. Der Knappe wird rot, es macht ihn verlegen, dass man ihn hier so freundlich empfängt. Giburg zieht das Tischtuch vor bis zu seinem Schoß, wofür sich Rennewart mit einer höflichen Verbeugung bedankt. Obwohl die Königin höher sitzt, überragt er sie um Längen. Nun zeigt sich, wie ähnlich sich die beiden sehen – eigentlich sind es nur Rennewarts junge Bartstoppeln, die sie voneinander unterscheiden.

Umgehend wird der Knappe mit Maulbeertrank und Wein versorgt, so gut wie noch nie in seinem Leben. Er trinkt viel, und auch mit den Speisen, die vor ihm stehen, stopft er sich ohne zu zögern die Backen voll.

Zwischendurch kommen mehrere Knappen heran, die erfolglos

versuchen, seine schwere Stange wegzuzerren. Warnend ruft Rennewart ihnen zu: »Ihr wollt mich wohl verspotten! Ich schwöre, wenn ihr mit diesen Scherzen nicht aufhört, werdet ihr es noch böse büßen! Lasst mich endlich wieder in Ruhe weiter essen.«

Gesagt, getan, Rennewart isst und trinkt weiter, als gäbe es kein Morgen. Aber der Junge ist das starke Trinken nicht gewöhnt und bekommt schlechte Laune, ohne es zu wollen. Die Knappen lassen die Stange immer noch nicht in Ruhe und stoßen sie jetzt mit lautem Getöse um. Rennewart springt sofort auf, kann von den weglaufenden und grölenden Jungen jedoch keinen mehr erwischen. Einer der Knappen hat sich ängstlich hinter einer blauen Marmorsäule verkrochen. Als Rennewart ihn entdeckt, schlägt er mit solcher Kraft nach ihm, dass die Funken aus der Säule bis hinauf zur Decke stieben und sich der Junge schnell davonmacht.

Jetzt ist keiner von den Knappen mehr da, um die zusammengelegten Tischtücher hinauszutragen. Die Tische leeren sich und Giburg, die alles nachdenklich mit angesehen hat, bittet nun auch die Fürsten, sich zurückzuziehen: »Sagt euren Dienern, sie sollen alles mitnehmen, was sie noch an Getränken und Essen brauchen!« Heimrich unterstützt sie: »Es ist keine Schande, wenn es einer nimmt, dessen Truppe noch nicht gekommen ist. Sie werden sicher Hunger haben. Bitte ziert euch nicht!«

Die Fürsten reiten in Begleitung des Markgrafen in ihr Lager zurück. Der hat bald dafür gesorgt, dass kein Zeltlager unversorgt bleibt. Auch die Würdenträger bittet er, gut zu speisen und sich für den nächsten Tag auszuruhen: »Kommt bei Sonnenaufgang zu mir in die Kapelle zur Messe! Ich will mich dort mit euch beraten.«

Giburg ist mit ihren jungen Damen in der Burg geblieben, um ihren geliebten Schwiegervater Heimrich weiter zu pflegen. Er ist von der Reise nach Orange und den Erzählungen immer noch sehr angegriffen. Vor seinem Bett lässt sich Giburg auf den Teppich nieder. Die Edelfräulein streifen dem grauhaarigen Fürsten die Schuhe ab, damit ihm Giburg seine Beine massieren kann, ehe sie ihn wieder verlässt. Bald darauf schläft er ein.

Das Heer liegt gut versorgt, als Willehalm an seinen Hof zu Giburg zurückkommt. Sie erwartet ihn bereits, umschlingt ihn glücklich und drückt sich ganz eng an seine Brust. Für alles, was er verloren hat, möchte sie ihn entschädigen. Schon bald ist die Sorge so weit von den beiden fort geritten, dass sie kein Speer mehr hätte erreichen können.

Nur Rennewart ist noch nicht müde. Umringt von den Knappen läuft und springt er herum, um sie bis in den späten Abend hinein im Spaß zu jagen – es scheint, als habe er seinen Zorn ganz aufgegeben. Als es Nacht wird, hat er endlich genug, und schaut sich wie immer zum Schlafen nach der Küche um. Erschöpft klemmt er sich dort seine harte Waffe fest unter den Kopf und versucht Ruhe zu finden.

Aber es ist seine Einsamkeit, die Rennewart wachhält und grübeln lässt. Er weiß nicht, zu wem er gehören soll, und es befällt ihn eine immer stärker werdende Sehnsucht nach Alice. Traurig fragt er sich, was wäre, wenn die anderen die Wahrheit erfahren würden. Wenn sie wüssten, wie man ihn von der Brust seiner Amme entrissen und gestohlen hat, und wie er daraufhin von Händlern gekauft und aufgezogen wurde, bis er größer war.

Sie dachten alle nur an Geld, geht es ihm düster durch den Kopf. Sie hofften darauf, dass meine Herkunft großen Gewinn abwerfen würde, und dass sie mich eines Tages vielleicht sogar meiner Familie zurück verkaufen könnten. Sie erzählten mir, über welche neun Reiche mein Vater genau herrscht, und klärten mich über deren höchste Verwalter auf. Und sie verrieten mir, dass ich zwei wunderschöne Schwestern habe, die beide Königinnen seien. Von unerhörter Macht und Reichtum berichteten sie, und nannten mir die Länder der zehn Brüder, die ich auch noch habe. Ja, dachte er verbittert, sie gaben sich höfisch und brachten mir die französische Sprache bei. Doch plötzlich wollten sie mich nicht mehr verkaufen und verschenkten mich einfach an den römischen König Louis, als wohlfeile Beigabe zu anderen guten Geschäften. Sie drohten mir mit dem Tod, aber ich habe mein Geheimnis trotzdem mit Alice geteilt. Hätte der König nicht darauf bestanden, dass ich mich taufen lasse, hätte ich bei ihr und den anderen bleiben können, und alles wäre gut gewesen ...

Schlaflos wälzt sich Rennewart hin und her. Er hasst seinen Vater und seine anderen Verwandten für das erlittene Unrecht. Er versteht nicht, warum sie nie versucht haben, Lösegeld für ihn anzubieten, und ihn damit von dem christlichen Hof zu befreien – er hält sie für treulos.

Doch Rennewart ist im Unrecht. Seine Familie hat nie erfahren, wohin ihr geraubter Sohn gekommen ist und ob er überhaupt noch lebt. Und sie hätte alles dafür gegeben, ihn wieder zurückzugewinnen.

Der Tod des Küchenmeisters

Irgendwann fällt Rennewart in einen tiefen, traumlosen Schlaf. Es ist noch mitten in der Nacht, als die Köche in die Küche hineinkommen, um das Essen für den nächsten Tag vorzubereiten. Alle Fürsten sind wieder eingeladen und so sollen sie schon bei Tagesanbruch mit ihrer Arbeit fertig sein. Viele Kessel werden dafür über die großen Feuer gehängt.

Giburgs Küchenmeister ist müde und hat schlechte Laune. Als er Rennewart noch friedlich an einer Wand schlafen sieht, nimmt er kurzerhand einen glühenden Holzscheit vom Feuer, um ihn damit unsanft zu wecken – so unsanft, dass er dabei dessen junges Barthaar ansengt und einen Teil des Mundes verbrennt.

Zu Tode erschrocken springt Rennewart auf. Als er begreift, was passiert ist, wird er bitterböse. Er packt sich den mürrischen Küchenmeister, schnürt ihn wie ein Schaf an allen Vieren mit einem Seil zusammen, und wirft ihn unter einen Kessel in die starke Glut. Hals über Kopf flüchten die anderen Köche hinaus. Ihr Meister verbrennt unter großen Qualen, doch Rennewart schüttet nur noch mehr Glut und Kohlen über ihn.

Bebend vor Angst beobachten die Köche die grausame Szene hinter einer Wand und lauschen, wie der aufgewühlte Rennewart vor sich hin jammert: »Und ich armer Kerl hab' geglaubt, der gute Landesherr hätte mich befreit! Aber man gönnt mir seine Güte ja nicht. Wenn er doch wüsste, wer ich wirklich bin, er würde sich sicher beschweren. Alice hat mich mit ihrer Liebe für diese Reise so stark gemacht. Und jetzt raubt man mir meinen neuen Bart, der doch nur für sie gesprossen ist ... Ich weiß, was sie für mich gelitten hat, wie sie mit anschauen musste, was ihr Vater mir antat. Wie ich zu den Rittern hinausging, um ihnen alles abzuschauen, und wie man mich dort wieder mit Stöcken verjagt hat. Der Markgraf hier ist entehrt, weil sein Koch mich so behandelt hat! Auch gegen meine vielen Brüder hat er schändlich gehandelt – sicher schmerzt sie mein armes Leben in der Fremde. Warum hilft mir von ihnen denn keiner, ich bin doch auch ein Sohn des mächtigen Terramer!«

Inzwischen ist es hell geworden, und für die neu eingetroffenen Fürsten wird bereits die Messe gesungen. Als der Markgraf nachfragen lässt, ob das Essen schon fertig ist, erfährt er von den fortgelaufenen Köchen, was geschehen ist, und was sie von Rennewarts Klagen heimlich mitbekommen haben. Willehalm nickt ihnen zu und bittet Giburg, seinen Knappen wieder zu beruhigen: »Der Küchenmeister ist dahin«, berichtet er kurz. »Holt meinen Freund ohne großes Aufheben wieder von dort weg, damit das Essen zubereitet werden kann.«

Giburg eilt in die Küche, einen Ort, den sie noch nie betreten hat. Freundlich bittet sie Rennewart, ihr zuliebe nicht mehr zu klagen und wieder friedlich zu sein. Dankbar nimmt er ihre Worte an: »Ich werde tun, was Ihr sagt, Herrin – Ihr seid so gut zu mir. Doch seht, wie man mich aufgezogen hat! Viele edle Leute sind mit mir betrogen.«

Giburg nimmt Rennewart mit sich in eine Kemenate, wo die Schneider gerade verschiedene Waffenkleider zunähen. Sie bietet ihm bessere Kleider an, doch er möchte nicht bevorzugt behandelt werden: »Es tut mir leid, dass Ihr wegen mir so einen Aufwand treiben müsst. Ich bin zwar arm, doch viele hier im Heer brauchen die Kleider noch viel dringender. Bitte lasst mir als Waffe einfach nur meine Stange!«

Gedankenverloren betrachtet Giburg den schönen Knappen und bedauert ihn wegen seines angesengten Bartes. Sie kann ihre Augen nicht von ihm lassen, etwas hat sie an ihm erblickt, vor dem ihr Herz erschrickt. Vorsichtig fragt sie ihn: »Lieber Freund, wenn du erlaubst ... darf ich dich fragen, woher du stammst?«

»Glaubt mir«, erwidert Rennewart, »ich bin ein armer Knappe und trotzdem das Kind vornehmer Leute – das muss ich ehrlich zugeben. Doch fragt bitte nicht weiter, das ist für uns beide nicht gut. Lasst mich die Erniedrigung ertragen!«

Der Knappe steht noch immer vor ihr. In diesem Augenblick ahnt sie die Wahrheit und bittet Rennewart, sich zu ihr zu setzen. Sie schwingt einen Teil ihres Mantels um ihn, ganz so, als wollte sie ihn beschützen.

»Das würde den besten Ritter glücklich machen, der jemals einen Helm aufband!«, sagt er geehrt. »Aber wenn mich jetzt jemand so sieht, muss er denken, ich wüsste nicht, was sich gehört, und wird mich verspotten – bei Eurem Gott, bitte lasst mich!«

»Was für einen Gott sollte ich sonst haben, außer dem einen, den die Jungfrau gebar?«, fragt ihn Giburg erstaunt. »Kennst du nicht seine Macht?«

Die Königin weiß nicht, was für einen Glauben Rennewart hat. »Ich kenne drei Götter«, antwortet der Junge pflichtbewusst. »Den heiligen Tervagant, Mohammed und Apollo. Ihre Gebote erfülle ich gerne.«

Giburg atmet tief durch und sieht ihm fest ins Gesicht. Nun ist sie sicher, dass Rennewart vom gleichen Volk abstammt wie sie. Mitfühlend nimmt sie seine Hand in ihre Hände. »Lieber edler Freund, hast du einen Vater oder eine Mutter, Brüder oder Schwestern? Sprich frei heraus und nenn mir ohne Scham den einen oder anderen deiner Leute!«

»Ich hatte früher eine Schwester, die die Krone aller Schönheit war«, gibt Rennewart nach. »Sie wurde einem Mann gegeben, der sich auch an mir versündigt hat, obwohl er so berühmt ist. Nicht einmal er hat mich aus meiner Not befreit, genauso, wie mich schon meine Brüder im Stich gelassen haben. Ihn und meine gesamte Verwandtschaft hasse ich deswegen zurecht, auch, weil sie mich von ihren Göttern getrennt haben, und weil ich von ihnen niemals eine Nachricht bekam.« Aufmerksam fixiert der Knappe Giburgs Gesicht: »Markgräfin, es sieht so aus, als hättet Ihr in Eurer Jugend meinen Schwestern sehr ähnlich gesehen, wenn ich Euch das sagen darf. Und wäret Ihr so reich und mächtig wie sie, dann könntet Ihr tatsächlich die Tochter meines Vaters sein, für den ich wohl immer Rachegelüste hegen werde.« Traurig senkt Rennewart den Blick. »Meine eigenen Verwandten und mein Vater stehen viel zu hoch für mich. Seid deswegen so gütig und behandelt mich deswegen auch nicht besser – bitte schweigt darüber! Sie wollen, dass ich niedrig bin und haben deswegen ihr Heil an mir verloren.«

Giburg fragt ihn bei seiner Ehre, ob sich der Markgraf denn auch auf ihn verlassen könne. Sofort richtet sich der Junge wieder auf. »Ich stehe ohne Wenn und Aber zu meinem Herrn«, versichert er ihr stolz. »Außerdem will ich die Kränkung rächen, von der die Heiden mich schon lange hätten befreien sollen!«

Giburg überlegt nicht lange: »Ich will dir eine Rüstung geben, die dein junges Leben gegen jede Attacke schützen wird. Sie ist groß genug für dich und kunstvoll geschmiedet. Mein Vetter König Sinagun hat sie getragen in dem Kampf, in dem er den Markgrafen gefangen nahm. Erst erlitten sie mit König Tibalt eine schwere Niederlage, obwohl sie tapfer kämpften. Aber Willehalm jagte ihnen nach und entfernte sich zu weit von seinem Heer. Da ergriff Sinagun die Chance und zwang ihn, sich zu ergeben. So wurde er zwar nicht besiegt, aber trotzdem überwunden, und in Tibalts Land gebracht. Ich konnte den Anblick seiner Fesseln und Eisenketten nicht ertragen und befreite ihn. Die arabische Krone hatte ich von Tibalt von Kler, ich war seine Frau. Wer jetzt dort Herrin ist, weiß ich nicht. Sinagun jedenfalls ließ seinen Harnisch bei mir und dem Markgrafen, und so nahmen wir ihn auf der Flucht mit.«

Giburg lässt die Rüstung bringen, auf der man noch die Spuren von Willehalms Schwert Schoiuse sehen kann. Der blanke Helm ist tief zu den Schultern herabgezogen und an allen Kanten mit Edelsteinen geschmückt – selbst seine Riemen sind aus kostbaren Bändern gemacht. Der Beinschutz und die Kettenpanzer glänzen genauso wie das Schwert mit seiner breiten Klinge und seinem langen, vergoldeten Griff. Es ist ein mächtiges, zweischneidiges Schwert, auf beiden Seiten gut zu gebrauchen: überall ist es glatt und gefährlich scharf geschliffen.

So schön das Schwert ist – Rennewart gefällt es nicht, die Klinge scheint ihm zu leicht für seine große Kraft. Er zieht das Schwert einfach heraus und wirft es achtlos vor sich hin. »Markgräfin«, sagt er, »ich möchte nur meine Stange tragen! Alles andere will ich Euch nicht abschlagen. Auch wenn sie mich hindert, lasse ich mir den Harnisch überziehen.«

Darüber freut sich Giburg, und zusammen mit ihren jungen Damen hilft sie Rennewart beim Anlegen der Rüstung. Als alles sitzt, bindet der junge Mann noch zwei starke Schuhe über die Eisenhosen und lässt seine Locken schließlich unter dem kostbaren Helm verschwinden. Hochgemut und stolz, denkt er nur noch daran Ruhm zu erlangen. Vielleicht, überlegt er, kann mir das Schwert doch noch nützlich sein?

»Dies Schwert soll mich doch begleiten«, beschließt er unverhofft. »Man binde es mir um! Ich werde dem Markgrafen nach besten Kräften dienen – wenn er mich kämpfen lässt!«

Einschwören auf den Kampf

Nach der Messe versammeln sich die Fürsten, Grafen und alle Truppenführer im Rat. Giburg, die auch an der Versammlung teilnehmen darf, setzt sich als erste hin, die Männer folgen ihr. Nur Willehalm bleibt stehen – er möchte die Edelleute noch einmal deutlich auf den kommenden Kampf einschwören.

»Alle, die ihr euch hier zur Verteidigung unseres Glaubens eingefunden habt, hört zu, wie es um mich steht!«, fordert er sie auf. »Mein Schwiegervater hat sich gegen mich verbündet: Sie haben den Christenfrauen die Brüste abgeschnitten, ihre Kinder gefoltert, alle Männer totgeschlagen und sie als Zielscheiben aufgestellt – wer auf sie schießt, erwirbt viel Ehre bei den Heiden. So haben Tibalt und Terramer ihren Hass in meiner Mark ausgelebt! Acht meiner treuen Verwandten sind gefangen, sieben unserer höchsten Fürsten habe ich verloren. Ich bitte euch, lasst euch mit mir freudlosem Mann erbarmen!«

Rundherum erntet Willehalm Zuspruch. »Die Franzosen«, spricht er weiter, »muss ich daran erinnern, dass sie mir als Lehnsherren innerhalb eines Jahres ihre Hilfe versprochen haben – sieben Jahre habe ich diesen Schwur nicht in Anspruch genommen. Doch jetzt hat mich Tibalt überrannt und die Gotteslästerer sind noch immer in unserem Land. Helft mir, meine Verwandten zu rächen! Lasst uns viele Gefangene machen, die die Fesseln unserer Leute im Gefängnis lösen! Jeder Ritter soll auch daran denken, was ihn die Segensformel seiner Schwertumgürtung gelehrt hat: Ein rechter Ritter soll die Witwen und Waisen in der Not beschützen! Das bringt ihm ewigen Gewinn. Aber er darf sein Herz auch dem Frauendienst zuwenden und erleben, wie ihm die Freundin all die Mühen lohnt. Vergesst nicht, zweifacher Lohn erwartet uns, der Himmel und die Gunst der edlen Frauen! Wenn ich tüchtig genug bin, werd' ich mich jetzt auf Alischanz darum bemühen oder dafür sterben.«

In den Reihen ist es ruhig geworden. Vater Heimrich erhebt

sich: »Setz dich nun. Ich bin hier der Älteste, deswegen seid nicht gekränkt, wenn ich vor euch das Wort ergreife. Mein Sohn soll in seiner Not nicht alleine bleiben, er ist schließlich mein Kind. Auch wenn er nur ein Landsmann von mir wäre, was er gottlob nicht ist, würde ich ihm helfen. Er hat für das Reich schon so viel Ruhm erkämpft und tut es immer noch. Wer sein Heil behalten will, muss die römische Würde tapfer verteidigen und kämpfen. Wir werden genug Gelegenheit haben, die Sarazenen einzufangen, Terramer hat sie uns selbst übers Meer hierher geführt. Keiner seiner Könige ist so über alles erhaben, dass er nicht sein Heer verlieren könnte!«

Nach dem alten Grafen richtet sich Bernhard an seinen Bruder: »Mein Sohn Bertram hat deine Fahne getragen. Er war Manns genug, die Seinen anzufeuern, und ich bin sicher, dass er auch selber mutig war. Jetzt geht es ihm zusammen mit den sieben anderen Fürsten schlecht. Helft alle, ihre Fesseln zu zerreißen und Vivianz zu rächen! Ich spreche für jeden meiner Brüder. Von ihrer Treue kann ich nur so viel sagen: Unsere Herzen sind ganz eins. Franzosen, sagt ihr jetzt, was wir von euch erwarten können, und zeigt uns, dass ihr treu und mutig seid!«

Doch einige der Edelleute, die hier sitzen, scheinen auf Heldenruhm gut verzichten zu können. Wem es nicht reiche, dass sie Orange befreien, erklären sie, könne gut und gerne bessere Hilfe suchen. Sie wollen nicht mehr weiterziehen mit ihren reisemüden Scharen. Auch wäre es für sie keine Schande, dass sie mit den Heiden noch nicht gekämpft hätten – diese seien ja selbst zu ihren Schiffen weg geritten, und wenn sie mit ihnen Geschäfte machen würden, könne man die Gefangenen ja ebenso frei kaufen.

Als Willehalms Bruder Bertram das hört, ergreift er zornig das Wort. »Wer wirklich edel ist, verlässt den Pfad des Ruhmes niemals! Und wenn ihn jemand dazu auffordern würde, müsste er ihn dafür für immer hassen!«, schimpft er. »Denkt daran, wie berühmt ihr in Frankreich seid! Wenn ihr den Markgrafen jetzt im Stich lassen würdet ... welche Freundin hat euch das jemals befohlen? Außerdem weiß ich ganz genau, dass unser Herr Jesus euch dafür am jüngsten Tag bestrafen würde. Wer sich jetzt von Gott abkehrt, den erwartet ein schmachvolles Ende – seine Seele führe zur Hölle!«

Auch sein Bruder Buove mischt sich ein: »Franzosen, ihr seid bisher immer mannhaft gewesen – das habt ihr gerade wahrlich zu früh aufgegeben! Jeder tapfere Ritter soll sich jetzt so verhalten, wie es ihm seine höchste Ehre rät.«

Die leidenschaftlichen Reden bleiben nicht ohne Wirkung. Die Franzosen beschließen, sich nochmals zu beraten und erneuern ihren Schwur aus Laon und Orléans, nachdem fortan alle Sarazenen ihre Feinde sind.

Jeder von ihnen lässt sich nun von den Priestern ein Kreuz ans Gewand heften. Ihr Lärmen und ihre Begeisterung dringt bis hinaus ins Heer, worüber sich viele Ritter freuen. Die meisten bereiten sich schon auf die Schlacht vor, ob auf schweren Rössern oder schönen leichten Pferden. Andere schlafen noch, ruhen sich aus, sehen sich die Wappen an den Schilden und Bannern an, oder polieren ihre Rüstung. Wieder andere schmücken eifrig ihre Helme und vergessen dabei auch die Riemen und Schnüre nicht. Und doch, so manchen tapferen Mann beschleicht die Angst, dass dieser Kampf sein letzter werden könnte ...

Bevor der Fürstenrat wieder auseinandergeht, bittet Giburg darum, ein paar abschließende Worte an die Versammelten richten zu dürfen.

»Wer Anstand und ein Herz hat, der höre mich an!«, beginnt sie ernst. »Das große Sterben auf beiden Seiten hat mir den Hass der Christen und der Heiden eingetragen. Wenn es meine Schuld ist, soll Gott mich richten! Die römischen Fürsten möchte ich dazu ermahnen, das Ansehen des Christentums zu mehren. Aber hört auch auf die Lehre einer ungelehrten Frau: Schont alle Geschöpfe Gottes! Der erste Mensch, den Gott erschuf, war ein Heide. Auch Noah in der Arche war ein Heide und er rettete ihn doch. Nehmt die heiligen drei Könige, auch sie waren Heiden. Trotzdem hat Gott noch an der Mutterbrust von ihnen die ersten Gaben angenommen. Nicht alle Heiden sind verdammt! Wir wissen, dass alle Kinder von Eva an als Heiden auf die Welt kommen, auch wenn sie ein getaufter Schoß umschlossen hat – ihre Leibesfrucht ist noch ungetauft, also heidnisch. Die Juden haben eine besondere Art der Taufe, die vollziehen sie mit einem Schnitt. Wir waren doch alle einmal Heiden!«

Die Männer in der Kapelle lauschen angespannt, einige schauen betreten auf den Boden. Doch unerschrocken fährt Giburg mit ihrer Rede fort: »Was euch auch die Heiden angetan haben, bedenkt, dass Gott selbst bereit war, seinen Mördern zu vergeben. Wenn er euch jetzt im Kampf siegen lässt, dann habt wie er Erbarmen! Ich diene nicht dem Heidengott Tervagant, sondern Gottes helfender, kunstreicher Hand. Ihre Kraft hat mich von Mohammed weg zur Taufe gebracht. Das hat mir den Hass meiner Verwandten und den Hass der Christen zugezogen, weil beide meinen, ich hätte es der Wolllust wegen gemacht, und so den Krieg verursacht. Die Wahrheit ist: Ich habe selber Liebe und großen Reichtum dort zurück gelassen, schöne Kinder von einem Mann, von dem ich nicht behaupten kann, dass er jemals Unrecht tat, seit ich die Krone von ihm empfing. Tibalt von Arabien trägt keine Schuld, die trage ganz alleine ich! Es ging mir um die Gunst des Allmächtigen und auch um den Markgrafen, der so viel Ruhm erworben hat. Glaubt mir, mit dem Tod eurer Verwandten starb mein Glück.«

In ihrer Not weint Giburg sehr. Willehalms Bruder Gibert springt auf und nimmt die Königin tröstend in den Arm. Man verlässt den Rat.

Die Fürsten gehen in den Speisesaal, wo schon viele prächtig gedeckte Tafeln auf sie warten. Auch die jungen Damen werden geholt, begleitet von Rennewart in seiner neuen Rüstung. Als er seine Stange ablegt, kommen viele Ritter neugierig herbei, um sie sich anzusehen und sie einmal selbst in die Hand zu nehmen. Bis auf Willehalm schafft es aber keiner von ihnen, die Stange auch nur vom Boden aufzuheben – der Markgraf reißt sie immerhin hoch bis über die Knie. Sein Knappe jedoch nimmt deren Endstück und wirbelt sie zur Freude aller um den Kopf herum.

Als man sich genug vergnügt hat, wird das Wasser gebracht, und jeder setzt sich an seinen Platz. Auch Rennewart darf sich wieder am Tafelende zur Königin auf den Teppich gesellen. Jetzt muss er in der schweren Rüstung essen, aber das tut seinem und dem Appetit der anderen keinen Abbruch.

Nach dem ausgiebigen Mahl ist es bereits später Vormittag. Giburg verabschiedet die Fürsten weinend mit einem Kuss. Sie wollen weiter, es drängt sie in den Kampf. Als sie in die Lager zurückkommen, sind ihre Zelte schon abgebrochen, das Heer fertig aufgestellt, und das ganze Feld mit Bannern geschmückt.

Zusammen mit ihren Damen eilt Giburg an die Fenster, um zu sehen, wie die fürstlichen Streitkräfte auf die Straße ziehen, die zum Meer hinführt – jetzt soll es gegen die Sarazenen gehen.

Jesus sei mit den Seinen:

die anderen aus all der Heiden Länder

soll Tervagant behüten.

BUCH VII

Jêsus hab die sîne:

die anderen ûz al der heiden lant,

der müeze pflegen Tervagant.

Rennewarts blutige Hilfe

Fasziniert verfolgt Rennewart das Treiben der Ritter. Derweil werden Späher zu den Feinden gesandt und einzelne Truppen aufgestellt, um die Sarazenen bei ihrer Rückkehr zu überraschen. Die Spur von Terramers Heer ist so breit, dass sie nicht zu übersehen ist. Pausenlos läuft Rennewart über Berg und Tal, um die verschiedenen Verbände besser kennenzulernen.

Als er seinen Herrn findet, sind sie schon ein gutes Stück vorangekommen. Freudig stürzt er auf Willehalm zu. Doch der wundert sich, wo sein Knappe seine Stange hat – sie fehlt schon wieder. Rennewart schämt sich sehr, er hat sie beim Abzug in Orange vergessen. Er war schnell vom Essen weggelaufen, als er die Trompeten hörte und auf den Helmen so viele schön verzierte Wunderdinge sah.

»Herr, ich will die Stange holen«, verspricht Rennewart schuldbewusst. »Lasst mich die Schande und Mühe auf mich nehmen. Hätte ich mich wie ein Mann verhalten, hätte ich sie nicht vergessen! Ich habe Euch bestimmt wieder schnell eingeholt. Auch in der Nacht werde ich Eure Spur sicher noch finden, und die der Heiden, die vor Euch geritten sind.«

»Das lässt du jetzt besser sein!«, widerspricht ihm der Markgraf. »Ich stell dir einen anderen Boten, der uns die Stange von Orange aus zurückbringt, aber diesmal mit einem Wagen.«

Unterdessen haben Heimrich, seine Söhne und die anderen Fürsten einen guten Platz gefunden, an dem das Heer sein Lager aufschlagen kann. Neben den zahlreichen Zelten stellen die Männer auch einfache Hütten aus Laub, Binsen und Stroh auf. Viele sind noch wach, als mit der Nachhut auch Rennewarts sehnsüchtig erwartete Stange wieder eintrifft.

Die Nacht verläuft ruhig. Und als am nächsten Morgen die ersten Trompeten schmettern, stimmt sich das kampfeslustige Heer schnell auf die bevorstehende Schlacht ein. Aufgeregt erkundet Rennewart wieder die verschiedenen Truppen, ganz genau will er ihre Schilde und Banner studieren – und vergisst dabei schon wieder seinen Stab.

Bevor das Heer aufbricht, setzt es noch die selbstgebauten Hütten in Brand, damit der Feind sie nicht mehr nutzen kann. Sie sind schon weit voraus geritten, als Rennewart zum ersten Mal seine Stange vermisst. Er ist unglaublich zornig auf sich und schämt sich noch mehr als beim letzten Mal: »Meine Dummheit wird mich wohl nie verlassen!«, stöhnt er. »Vielleicht prüft mich ja Gott, ob ich wirklich kühn und tapfer bin?«

Heimlich und schneller als ein Pferd rennt er den Weg wieder in seinem schweren Panzer zurück. Er plagt sich mit Selbstvorwürfen und befürchtet, dass man nun denken könne, er sei aus Angst davongelaufen. Während er an seine geliebte Alice denkt, schwört er sich, den Markgrafen, wenn es sein muss, bis zum bitteren Tod zu verteidigen.

Als er zu der verlassenen Lagerstelle kommt, brennen und qualmen die angezündeten Hütten immer noch. Rennewart kann sich nicht mehr erinnern, wo er seine Stange zuletzt hingelegt hat. Es kommt ihm wie eine Ewigkeit vor, als er sie endlich ganz versengt in den schwarzen Kohlenhaufen findet. Doch das Feuer hat dem Holz offenbar keinen Abbruch getan, es scheint sogar noch fester zu sein als zuvor. Wild entschlossen reißt der Knappe seine Stange aus dem Haufen und rennt wieder zurück.

In der Zwischenzeit hat der Markgraf ein paar Späher mit auf die Spitze eines Berges genommen. Sein Heer wartet solange an den Hängen und auf den Auen. Direkt am Larkant, zwischen dem Gebirge und dem Meer, entdecken sie Terramers riesige Armee:

wieder hat er das ganze Land mit seinen Zelten zugedeckt.

Bei dem Anblick beschleichen selbst die gestandenen Ritter Zweifel, ob sie einem solchen Ansturm wirklich gewachsen sind. »Es stimmt, die Armee Terramers ist gewaltig, und es wird uns sicher nicht an Kampf fehlen«, wendet sich der Markgraf direkt an die zögernden Männer. »Doch wer jetzt fliehen will, riskiert den Untergang unseres Heers. Seid ehrlich: Wer erst im Kampf bemerkt, dass ihn der Mut verlässt, der kehre lieber gleich um, sonst zieht er auch noch andere mit! Jeder Fürst soll sich jetzt mit seinen Vasallen beraten und überlegen, für wen sein Herz schlägt – möge Gott euch dabei helfen!«

Die meisten der französischen Ritter, die König Louis geschickt hat, wollen trotzdem so schnell wie möglich umkehren. Alle versuchen, sie noch umzustimmen, aber sie bleiben stur, und nehmen sofort Abschied: Solange sie leben, verteidigen sie sich, könnten sie auch zuhause im Turnier und im Kampf ihren Ruhm bewahren – keinen Augenblick länger wollten sie hier den Köcher spielen, in den irgendjemand seine Pfeile steckt.

Tief enttäuscht von den bereits davonziehenden Franzosen, versucht der Markgraf den Dagebliebenen weiter Mut zu machen: »Gott wird euch noch heute für eure Treue belohnen! Vergesst die anderen, kümmert euch nicht darum. Was macht es schon, wenn uns ein paar feige und eitle Franzosen verlassen haben, die bloß Angst um ihre schöne glatte Frisur haben? Wenn ihre Frauen zuhause pflichtbewusst sind, werden sie sie dafür so hassen, dass sie besser hiergeblieben wären! Wir dagegen können hier unsere Sünden büßen und uns die Gunst der edlen Frauen sichern. Vater und Brüder, überlegt euch nun, wie viele Scharen wir brauchen – die Erfahrenen unter uns sollen entscheiden!«

Keiner der Kämpfer, die die römische Königin und Irmschart angeworben haben, will umkehren, und so können sie fünf große Verbände bilden.

Die geflohenen Franzosen sind mittlerweile an einer engen

Klamm angelangt. Auf dem Weg haben sie bereits von ihren Frauen geträumt, von einem schönen Bad, und einem weichen Bett. »Niemals«, sagt gerade einer von ihnen, »hat es ein so gutes Zelt gegeben, dass ich es für eine mit weichen Kissen ausgelegte Kemenate eintauschen würde! Fliehen wir lieber aus den Strapazen ins bequeme Leben, sollen doch die Narren mit so vielen Sarazenen kämpfen! Ihre Pfeile sind giftig wie ein Schlangengebiss.«

Auf seinem Rückweg kommt auch Rennewart an der Schlucht vorbei und sieht mit ungläubigem Staunen, wie sich die Franzosen davonstehlen. Wutentbrannt läuft er ihnen entgegen und schlägt, ohne ein Wort zu verlieren, fünfundvierzig Männer tot. Flucht scheint zwecklos, denn aus der engen Klamm gibt es kein Entweichen vor Rennewarts grausamer Stange.

»Warum tust du das?«, brüllen alle schockiert, doch der Junge wird nur noch wilder. Heute, in seinem ersten Kampf, will er niemanden schonen – die Franzosen, die keine Rüstung mehr tragen, sind ihm hilflos ausgeliefert. Selbst diejenigen, die sich zu wehren versuchen, haben keine Chance. Schnell bereuen die Männer, umgekehrt zu sein. Viele von ihnen halten Rennewarts Wüten für die gerechte Strafe Gottes.

Rechts und links von der Straße liegen schon zahllose Opfer, als Rennewart endlich zur Besinnung kommt. Einer von ihnen versucht, den Knappen doch noch auf seine Seite zu ziehen: »Du hast unsere Männer ohne Grund erschlagen! Sie konnten nichts dafür, was dir König Louis angetan hat. Höre auf uns und kehre mit uns um, das raten dir hier alle! Wir werden dir helfen, dein Ansehen wiederzuerlangen und deine Wünsche zu erfüllen. Wenn du willst, kannst du den Frauen dienen oder in den Kneipen sitzen, glaub mir, da wird es dir noch besser ergehen! Wir werden jede Menge trinken und die Flaschen in klare Quellen hängen, wo es grünen Klee und schöne Wiesen im Schatten von Bäumen gibt. Und wir werden den Wein mit gutem Salbei würzen und so unser Leben genießen! Was sollen wir hier in der Hitze dieses Sumpfes? Zuhause können wir uns an den feinsten Sachen laben. Jeder,

der Erfahrung hat, weiß, dass der kühne Eber manchmal vor dem feigen Hund flieht. Der Markgraf jedoch wird auch dieses Mal wieder sein Heer aufs Spiel setzen!«

Rennewart ist fassungslos. »Kann ich an euch denn gar keine Tapferkeit entdecken?«, ruft er völlig außer sich, und schlägt erneut zu, diesmal noch heftiger als beim ersten Mal. Zwischen den hohen Felsen eingeklemmt, können seine Opfer wieder nicht vor ihm fliehen. Und dort, wo die rettende Brücke naht, drohen die Männer rechts und links von Sümpfen verschluckt zu werden. Während der Knappe die Männer nacheinander erschlägt, schreit er: »Schwört, dass ihr mit uns gegen die Heiden kämpft! Nur das kann euch noch retten!«

Sofort versprechen die Franzosen alles, nur, um seiner Stange zu entkommen. Als sich die Lage wieder etwas beruhigt hat, treten sie zusammen den Rückweg an, Rennewart zu Fuß an ihrer Spitze.

Willehalm hat unterdessen die Reichsfahne eingezogen, weil sein Aufgebot nun doch zu sehr geschrumpft ist. Stattdessen flattert ein goldener Stern in blauem Brokat über seiner Schar. Die fünf Truppen des Markgrafen sind bereits aufgestellt und die Schlachtrufe nach ihren Anführern zugeteilt: »Munschoi« schreit Willehalms Schar, die er zusammen mit Ernalt anführt, »Narbonne« die des alten Heimrichs, »Brubant« die Bernhards und Buoves, »Berbester« die Bertrams und Giberts, »Tandarnas« die des König Schilbert, denn der Schetis hat noch kein eigenes Land. Wenn es soweit ist, möchten die beiden die ersten sein, die den Angriff wagen.

Die Ritter wollen gerade losreiten, als Rennewart angelaufen kommt. »Wo ist der Markgraf?«, ruft er ungeduldig mit seiner blutverschmierten Stange in der Hand. Bald darauf hat er Willehalm entdeckt, der Volatin überrascht anhält.

»Herr«, berichtet ihm Rennewart atemlos, »überlasst mir die geflohenen Franzosen! Sie wollen jetzt für mich kämpfen und haben ihre Untat eingesehen. Ich hab' sie so lange mit meinem harten Stock erzogen, bis sie mit mir gekommen sind!«

Verblüfft sieht Willehalm, dass Rennewart recht hat. Seine Reiterhaufen wirbeln riesige Staubwolken auf und ihre Waffen blitzen angriffslustig in der Sonne. »Wenn ich dir diese Rückkehr zu verdanken habe, dann bin ich wirklich froh, dass ich dich habe!«, ruft der Markgraf seinem starken Knappen erleichtert zu. »Und glaub' mir, wenn ich diesen Tag überlebe, werde ich dir für immer dankbar sein! Solltest du dann sogar höher stehen als ich, werde ich dir dienen, und mit mir meine ganze Verwandtschaft.«

Dieses Versprechen rührt Rennewart ungemein. »Herr, falls ich wirklich Ruhm bei den Sarazenen holen sollte, würde ich schon gerne einen Lohn von Euch haben ... aber noch kann ich nicht darüber sprechen, nicht einmal daran denken.«

Verständnisvoll nickt ihm der Markgraf zu und nimmt die Führer der Franzosen erneut zur Seite: »Ihr hattet Angst, aber jetzt wird man euch doch noch mutig nennen können! Bindet das Kreuz wieder an! Die Reichsfahne zeigt mit Recht das Kreuz unseres Erlösers. Als ihr weggeritten seid, haben wir eure Fahne verschmäht und sie in einen Sack gesteckt. Doch dass ihr nun wieder zurückgekommen seid, segnet diesen Tag – und es ehrt das Kreuz!«

Mit diesen Worten gibt er ihnen ihre breite Fahne wieder zurück. »Vereinigt euch alle zu einer Schar. Sie wird gewaltig sein! Ich verlasse mich auf eure Hilfe. Mein teurer Knappe soll unter eurer Fahne sein. Spornt euch mit seinem Namen gegenseitig an: Rennewart!«

Da zögern die Soldaten nicht mehr lange und schreien laut: »Rennewart, führe du uns an!«

ALARM BEI DEN SARAZENEN

Ein aufmerksamer Soldat der Königin hat währenddessen in der Ferne einen Späher des Feindes entdeckt. Kurzentschlossen gibt er seinem Pferd die Sporen und prescht alleine los zur Tjost.

Schon kracht der Speerstoß des Sarazenen auf den kühnen Reiter, doch dessen eigener Speer ist kräftiger und durchbohrt den Schild seines Gegners, bis er in seinem Arm stecken bleibt. So reiten beide wieder zurück zu ihren Truppen, jeder den Speer des anderen im Schild.

Als der Späher Giboiß, der selbstbewusste Burggraf von Kler, Terramer erreicht hat und ihn dort ganz entspannt sitzen sieht, ist er empört: »Was mit Eurem Heer passiert, scheint Euch überhaupt nicht zu kümmern – das werdet Ihr noch heute teuer bezahlen müssen! Unternehmt etwas, die Franzosen reiten an!«

Der Großkönig erblasst vor Schreck, doch Giboiß tadelt ihn weiter: »Ihr hättet vorher nachdenken sollen! Es ist erst drei Nächte her, seit uns Willehalms Männer an der Klamm mit ihren Lanzen bedrängt haben – sie schrien laut »Tandarnas!« und Ihr habt einige Leute und Ausrüstung dort verloren. Auch ich bin im Mondschein vom Pferd gestochen worden, obwohl ich es dem Ritter mit gleicher Münze heimzahlen konnte. Was man für Euch durchmacht, beachtet Ihr so wenig wie ein großer Auerochse eine kleine Bremse! Der kühne Krieger Willehalm dagegen bringt viele kampferprobte Tjosteure mit. Ich, der Châtelain von Kler, habe selber schon elfmal gegen das Franzosenheer gekämpft und werde es auch heute wieder tun. Tibalt ist mein Anführer, ich trage seine Fahne. Er wird noch heute als erster am Feind sein, wenn Ihr es erlaubt.«

»Es tut mir sehr leid, dich so bluten zu sehen«, bedauert Terramer, der seine Fassung inzwischen wiedergewonnen hat. »Sage mir gleich, wie es mit unseren Feinden steht. Ich würde mich zu Tode ärgern, wenn sie mir entkämen!«

»Willehalms Ritter werden noch heute massenhaft ihr Leben riskieren«, sagt der Burggraf voraus. »Ihre Freundinnen dürfen sich bei Arabel bedanken, der Gemahlin meines Herrn. Ihr werdet die ruhmsüchtigen Christen bald zu Euch reiten sehen, in sechs geschmückten Scharen. Die mit der Reichsfahne riefen immer »Rennewart«, das habe ich von ihnen noch nie gehört. Es sieht ganz so aus, als würde der Stern in der Fahne des Markgrafen ein glanzvoller Auftritt erwarten. Erinnert Emereiß daran, dass er schon die Hälfte seiner vierzehn Könige verloren hat, die er übers Meer gebracht hat! Sollten sich die Truppen der toten Könige heute allerdings dafür rächen, wird es schwer für die Franzosen und ihre Freunde. Außerdem haben wir noch mehr Heere, die dasselbe erlitten haben.«

Mit einem Ruck richtet sich der Großkönig vor seinem treuen Anhänger auf: »Ich werde dir Besitztümer und so viele Ehren geben, wie du willst«, verspricht er ihm. »Den Lohn der Frauen erlangst du dazu, und dein Name wird laut in vielen Ländern erklingen. Du hast doch die Reichsfahne gesehen – sage mir nur noch, kommt der römische König Louis auch mit ihnen? Ich werde meine gesamte Kriegsmacht gegen sie einsetzen!«

Viele Männer haben sich indessen um Terramer und den verletzten Giboiß geschart, doch der kann die letzte Frage des Großkönigs nicht beantworten.

Terramers Stimme schwillt an: »Der Tag der Vergeltung ist gekommen! Lasst uns Pinels Tod und den von Tesereiß, Naupatris und meinem Bruder Arofel rächen! Ich bitte euch, die ihr für unsere Götter und Frauen auf Alischanz gekämpft habt, euch nochmals für den großen Kampf zu rüsten. Ihr habt es alle gehört, die Schuldigen reiten heran!«

Suchend gleitet sein Blick über die Männer. »Die Jungen unter uns sollen sich für die Frauen schmücken, wie ich es früher getan habe! Kaum hatte ich einen Bart, nahm mich auch schon die Liebe in ihre Pflicht, strenger noch als alle meine Götter. Für sie und für die Frauen wollen wir uns heute bemühen, damit von unseren

Händen Louis' Römer sterben, deren rechtmäßiger König eigentlich ich sein sollte – wie oft habt ihr mich schon darüber klagen gehört! Bin ich denn nicht der Nachkomme des hochgeborenen Pompeius, den Caesar zu Unrecht aus Rom vertrieb? Viele Könige besaßen seitdem mein Erbe, das wird noch vielen von ihnen den Tod bringen!«

Terramer und seine Heerführer sind sich einig, dass die Zeit der zweiten Rache gekommen ist – sie hätten selbst einen hohen Blutzoll zu zahlen gehabt, ereifern sie sich, und ihre Götter Tervagant, Mohammed und Apoll hätten dabei große Schande erlitten.

Dennoch, mit der Ankunft des feindlichen Heeres hat hier offenbar keiner so schnell gerechnet. Große Pläne hatte der Rat der Sarazenen bereits geschmiedet und voller Inbrunst eine Heerfahrt gegen die Christen beschworen: Nach der kleinen, selbst verordneten Pause sollte zuerst Orange zerstört werden, und dann Paris, die Hauptstadt der französischen Könige. Auch den Thron in Aachen, der Krönungsstadt der deutschen Könige, wollte Terramer besetzen, und von dort aus weiter in die Kaiser- und Papststadt Rom ziehen, um die römische Krone im Namen seiner Götter und unterworfenen Völker aufzusetzen. Alle, die danach trotzdem noch weiter für Jesus hätten kämpfen wollen, sollten des sicheren Todes sein.

Nach dem Bericht des Burggrafen sieht sich der Rat gezwungen, seine hochfliegenden Pläne zunächst auszusetzen. Terramer muss handeln: »Karls Sohn zieht gegen mich! Die Christen haben die Reichsfahne aufgezogen, also ist auch König Louis bei ihnen. Hört nun auf meinen Befehl! Ich will zehn große Scharen haben, noch viel größer als die, die mein Onkel Baligan jemals gegen Karl aufgeboten hat. Auch wenn schon etliche Männer gestorben sind, so habe ich derer doch immer noch unzählig viele. Rächt euch heute an den Christen, so gut es geht!«

Der Großkönig richtet sich an seinen Neffen Halzebier. »Dein Banner soll heute als erstes auf die feindlichen Reiter treffen. Du bekommst die Truppen von Pinel und Naupatris und noch drei andere Länder zur Verstärkung dazu. Ich baue ganz auf deinen Mut!« Halzebier freut sich über die Ehre, voraus zu jagen und die Feinde empfangen zu dürfen.

Zu Tibalt sagt Terramer: »Bleib' so unverzagt und tapfer, wie du es immer gewesen bist! Arabel weiß nicht, was sie an dir verloren hat. Zeige ihr heute deinen Schmerz und deine Tapferkeit! Du und dein Sohn Emereiß, ihr habt hier eine Flut von Truppen. Und dir, Emereiß«, verspricht er Tibalts Sohn, »wird dein hoher Sinn Ruhm verschaffen, ob du ihn nun von deinem Vater hast, oder von mir. Sei so mutig wie er, dann wirst du weder Schmach noch Schande leiden!«

»Ihr redet sehr höflich, Herr«, antwortet Tibalt. »Aber Ruhm und Ansehen haben mich schon lange verlassen, seit mich Eure Tochter so schmählich verriet – auch wenn ich ihr schon viel Kummer und Sorgen nachgeschickt habe. Ich weiß, wenn ich mit Emereiß zusammen in einer großen Truppe zusammen kämpfen kann, werden wir allen Christen widerstehen, und seien es noch so viele!«

Die beiden ersten Verbände formieren sich. Langsam rücken Willehalms Truppen aus der Ferne an, und Halzebiers Heer macht sich auf, ihnen entgegen zu reiten. König Sinagun ist der dritte im Bunde, der eine Schar anführen soll. Auch er bekommt viele herrenlose Truppen zugeführt, deren ausgelassenes Feldgeschrei schon die Luft erfüllt.

Die vierte Schar sollen Terramers zehn Söhne anführen: »Vergesst nicht, wie tapfer ich in eurem Alter war«, ermuntert er sie. »Außerdem habt ihr viele Könige, die für unsere Götter gegen die edlen Christen kämpfen können. Führt auch die Truppen eures Onkels Arofel gut und denkt heute an ihn. Er hat jeden von euch wie einen Sohn behandelt. Welche Wunder hat der Perser vollbracht! Alle treuen Frauen müssen ihn beklagen – wir sind doch alle von Frauen geboren. Ihre Süße und Lieblichkeit soll euch heute anspornen, euren Ruhm zu vergrößern. Ihr seid von hoher Abstammung und habt entsprechenden Besitz, es steht euch wohl an, Herrscher über die Völker zu sein. Wofür hat man den Markgrafen einen schnellen Angreifer genannt? Weil ihm die Liebe eurer Schwester immer wieder sauer wurde und ihn Ruhm erwerben ließ gegen wahrhaft tapfere Männer. Der Alte von Narbonne hetzt seine Söhne auf mich? Ich habe zehn davon, die ich ihm zum Empfang schicken kann!«

Als nächstem weist Terramer seinem Enkel Poidjus die fünfte Schar zu. »Sei heute besonders tapfer«, beschwört er ihn. »Du bekommst die mutigen Sizilianer zur Unterstützung, das Heer des treuen Tesereiß. Räche seinen Tod, den die edlen Frauen bis zum letzten Tag der Welt beklagen werden! Ihr seid beide meine Kindeskinder, Poidjus und Emereiß – wenn ich euch und meine zehn Söhne irgendwo im Kampf weiß, erleidet mein Herz dieselbe Pein, da haut man in mein eigenes Fleisch. Es ist wahr und nicht gelogen: Auch Halzebier und Sinagun sind jeder der Liebe nach mein Sohn.«

»Und du, Aropatin«, sagt er an den mächtigen König gewandt, »dein Reich ist groß und weit. König Matribleiß wird dich ebenfalls mit seinen vielen Truppen unterstützen. Du sollst die sechste Schar ins Gefecht führen!«

Auch König Josweiß bekommt eine eigene Armee von Terramer. »Folge dem Rat der Liebe und dem Lohn der Götter!«, legt er ihm ans Herz. »Ich und die meinen bauen auf dich! Deine Rache soll die Tochter deiner Tante treffen. Sie war einmal meine Tochter, ehe sie sich Jesus überschrieb: Damit fing ihr Unglück an. Franzosen und Deutsche attackieren mich auf diesem Feld nur ihretwegen, so dass mir sogar mein großes Heer und meine Götter vielleicht nichts nützen.«

Die restlichen Scharen verteilt Terramer auf seinen Neffen König Poidwiß und auf die Könige Marlanz und Ector, der Terramers Fahne tragen wird. Er wirkt erschöpft, als er sich daraufhin vor seinem Zelt auf ein dick gepolstertes, golddurchwirktes Seidenkissen setzt.

Einen seiner königlichen Hornbläser nimmt Terramer zur Seite und schüttet ihm verbittert sein Herz aus: »König Louis glaubt wohl, mich überrumpelt zu haben, wie seinerzeit der Markgraf. Alle meine Götter und edlen Frauen sollte es erbarmen, dass ich schon so viele meiner Verwandten verloren habe! Sogar mein eigener Bruder hat hier sein ritterliches Ende gefunden – ausgerechnet von der Hand des Mannes, den meine Tochter liebt, und die nicht begreift, was sie für ihn verloren hat!«

Der Großkönig schüttelt verständnislos den Kopf. »Nichts hat den tapferen Tibalt je vom rechten Weg abgebracht, sein Herz war immer blind für Falschheit – darum nahm ich ihn zum Sohn. Ich gab ihm die herrliche Arabel, als sie beide noch jung waren. Nun muss ich sie vernichten, obwohl ihre Schönheit doch aus meinem Herzblut erblüht ist! Wenn Louis heute geschlagen wird, befürchte ich, dass er meine Tochter Arabel dafür unter seinem Schwert zappeln lassen wird – sie könnten mich selbst nicht schneller töten. Wenn mich die Getauften hassen, sollten sie ihren Hass besser gleich auf mich alleine richten.«

Neun Könige bringen dem bedrückten Terramer nacheinander alle Teile der Rüstung, den hell glänzenden Beinschutz und die Polster, gute Strümpfe, das beste Panzerhemd weit und breit, einen äußerst kostbaren Helm und Schild, und eine leichte, scharfe Lanze mit der Form einer Greifenklaue. Außerdem geben sie ihm noch einen aus einem Rubin geschnittenen Köcher und einen starken Bogen. All dies legt er an und lässt sich zum Schluss noch die Sporen umschnallen.

Fertig gewappnet baut er sich vor seinen Führern auf, während Sorgenfalten sein Gesicht umspielen. »Wie sollen wir eigentlich kämpfen vor den Steinsärgen der Getauften? Sie fühlen sich ja geehrt, dass ihr Zauberer Jesus ihr Feld mit so vielen Särgen bestreut hat. In ihnen liegen ihr Fleisch und ihre Gebeine aufgebahrt, aber sie sind noch heil und ganz! Der, der am Kreuz den rauen Dornenkranz trug, hat für sie solche Wunder getan. Alle, die ihr mir hier meine Rüstung gebracht habt: Verdient euch heute euer Lehen, indem ihr die Getauften niedermacht! Große Heere führt ihr an, und eure Leute haben Schwerter, Bogen, Lanzen und Äxte. Reitet neben den Fahnen unserer Götter rechts von mir, auch mein vornehmster, erster Sohn Kanliun wird dort zur Stelle sein.«

Terramer fährt fort, jedem seiner Heerführer genau seinen Platz zuzuweisen. König Zernubilé von Ammirafel bekommt von ihm den Befehl, tausend rasselnde Tamburine in die Luft werfen und schlagen zu lassen. Ein anderer König lässt unterdessen ganze achthundert Trompeten zum Galopp blasen. Schließlich ist es soweit, Terramer bekommt selbst sein Pferd Brahane gereicht und sitzt auf. Das Kampfross ist bis zu den Hufen mit einer eisernen Panzerdecke geschützt, über die eine aufwendig verzierte Seidendecke geworfen wurde. Seine edlen Ritter begleiten den Großkönig nun auf beiden Seiten. Manchem von ihnen schenken die Frauen, nach denen sie sich jetzt sehnen, hohen Mut.

Auch die schwer gepanzerten Ochsen von Übersee werden erst jetzt mit Stöcken angetrieben. Sie ziehen mächtige Fahnenkarren an, auf denen mit Gold und Edelsteinen verzierte Götterbilder prachtvoll von hohen Masten herab leuchten. Die ersten, die auf das Feld von Alischanz gezogen sind, wollten nicht, dass Terramer sie schon zu Beginn unterstützt.

Auf der Gegnerseite sind viele Christen ebenfalls schon zur Tjost vorgeritten. Sie haben ihre Pferde zum Kampf im Stand herumgeworfen, um den Angriff des Haufens zu erwarten.

Wo man viel über Könige spricht,

da wird des armen Mannes Tat verschwiegen.

Arme Ritter hatten stets zu kämpfen.

BUCH VIII

swâ man des vil von künegen saget,

dâ wirt arem mannes tât verdaget.

arme rîter solten strîten.

Die neue Schlacht beginnt

W ieder stehen sich die Unversöhnlichen gegenüber, und wieder hat sich über das Feld von Alischanz eine unheilvolle Stille gesenkt. Und auch diesmal wird diese Stille auf einen Schlag von wildem Kampfgeschrei zerrissen, als die Scharen aufeinander losrennen. Der gewaltige Lärm der Lanzenstöße ertönt, und nur wenige Augenblicke später ist das ganze Feld von Splittern übersät.

Der Schetis und sein Freund König Schilbert haben ihren Willen bekommen, sie sind unter den ersten christlichen Tjosteuren, die mit dem hasserfüllten Halzebier und dessen schön geschmückten Rittern ringen müssen. Halzebier leidet noch immer unter dem Verlust Pinels, genau wie dessen tapfere Anhänger, die es ihren Feinden jetzt mit gleicher Münze heimzahlen.

Viele Männer sind mit Halzebier angeritten, die Giburg in Orange noch verschont haben – nun kennen auch sie kein Halten mehr und rächen mit ihren scharfen Bambusspeeren den verehrten Naupatris und all die anderen toten Sarazenenkönige. Selbst mit abgebrochenen und stumpfen Speeren kämpfen sie so lange weiter, bis es nicht mehr geht. Vom Söldnerheer des Schetis und dem Gefolge des Tandarnas fallen viele auf das Gras, um nie wieder aufzustehen.

Jetzt kommt das glänzende Heer des König Tibalt neu aufs Feld, zusammen mit dem seines Sohnes Emereiß. Kurz bevor seine Feinde ihre Fahnen senken und angreifen, erinnert er die Araber nochmals an ihren Ruhm. Zu gerne hätte auch Tibalts Fahnenträger Giboiß, der wagemutige Burggraf von Kler, noch vor Halzebier den Kampf eröffnet. Kaum haben sie den Stern auf der

Fahne des Markgrafen ausgemacht, reiten sie zielstrebig dorthin. Aber die stolzen Franzosen haben sie ebenso schnell erkannt und greifen sofort an.

Mitten im Getümmel ist auch Rennewart, der wahllos Ross und Reiter erschlägt. Er scheint nicht zu wissen, gegen wen er eigentlich angehen soll, die Pferde der Sarazenen sind in genauso teure Seidendecken gehüllt wie ihre Reiter. Überhaupt haben sich die Truppen in ihrem Ansturm diesmal so schnell miteinander verflochten, dass sich Freund und Feind kaum mehr voneinander unterscheiden lassen.

Nur Tibalt und sein Pferd stechen in ihren blendend weißen Überhängen aus der Masse heraus – von Salamandern aus einem Feuerberg sollen die feuerfesten Gewänder gewebt worden sein, ein kostbares Waffenkleid ganz ohne die Hilfe der Frauen. Den aufgewühlten Tibalt drängt es nach vorne zur Tjost mit Gandaluß, einem stolzen Grafen aus der Champagne. Sein Sohn Emereiß ist bereits in einen Schwertkampf verwickelt ist, Seite an Seite mit seinen zahlreichen Rittern.

Noch immer glauben die Sarazenen, dass König Louis selbst hier ist, um dem Markgrafen zu helfen. Doch sie können ihn nirgends entdecken. Willehalms Männern gelingt es immer besser, die Gegner zu durchdringen und zu umschließen, sich wieder neu zu sammeln, und unverdrossen einen Ritter nach dem anderen niederzukämpfen. Beinahe gelingt es ihnen sogar, Emereiß samt Pferd aus dem Schlachtfeld hinauszudrängen. Seine Leute können ihn jedoch erfolgreich beschützen – zu gerne würde er heute ein Pfand für seine Mutter erkämpfen. Auch viele von Willehalms Männern bemühen sich, Gefangene zu machen, um Bertram und die anderen auslösen zu können.

Da kommt der tapfere Sarazene Sinagun im Sturm mit seinen verbündeten Königen und Rittern herangeprescht. Das Fell seines gescheckten Pferdes scheint Feuerfunken wie ein Drache zu versprühen, und sein Lauf ist schneller als der eines Wildes. Genauso feurig wie sein Pferd geht sein Reiter jetzt als erster in den Kampf, mitten hinein, wo es am härtesten zugeht, und wo Willehalms Sternenbanner golden in der Sonne leuchtet.

Sinagun nimmt es zunächst mit einem Grafen aus Ernalts Land auf, der neben Willehalm kämpft. In Sinaguns und Willehalms Truppen wird besonders erbittert gekämpft, zu viele Rechnungen sind noch offen – für die Christen wird es höchste Zeit, dass sie Verstärkung bekommen. Aber es sind die zehn Brüder Giburgs, die neu mit ihren Männern angeritten kommen. Sie haben eine Menge hoher Könige mitgebracht, die große Lehen besitzen, fürstliche Heerführer und unzählige Emire. Im Galopp jagen viele Truppen der zehn jungen Ritter heran, angetrieben von Mut und Stolz. Und erst jetzt donnert es auf dem Feld von Alischanz so richtig vom Speer- und Lanzenkrachen.

Kampf um Leben und Tod

Herzog Bernhard, der mit seinem Bruder Buove unter einer Fahne reitet, geht die heranpreschenden Söhne Terramers mutig an – er ist auf Geiseln für seinen gefangenen Sohn Bertram aus. König Fabors von Mekka, der von dreien seiner Brüder begleitet wird, reitet ihm als erster zur Tjost entgegen. Bei dem Kampf wird Fabors schön verzierte Rüstung von Bernhard ganz zerhauen. Der Herzog schafft es, dem Jüngling in den Zaum zu greifen und ihn hinunterzuziehen. Doch das lassen dessen Freunde nicht auf sich sitzen, rundherum entbrennt eine heiße Schacht, bei der weder Turban noch Helm geschont werden.

Der Rachedurst der jungen Sarazenen für den erschlagenen Perser Arofel ist besonders groß, war er doch wie ein zweiter Vater für sie. Während sie seinen Schlachtruf »Samarkand« brüllen, stechen und schlagen sie wütend um sich, und auch die Turkopolen ziehen die Pfeile so lange an, bis ihre Bogen klappern wie die Störche im Nest.

Scharf und hart wird miteinander gerungen, als sich der stolze Poidjus und seine Heerscharen wie eine Flut aufs Feld ergießen. Der reiche König ist von Kopf bis Fuß in teure Seide, Gold und Edelsteine gehüllt, selbst sein Helm ist kunstvoll aus rotem Edelstein geschnitten. Ihm reitet das Heer des gefallenen Tesereiß voran, eines, das Giburg in Orange nicht behelligt hat.

In der Schlacht, die jetzt entbrennt, können sich die beiden Brüder Willehalms, Bertram und Gibert, erfolgreich für den geliebten Sohn ihrer Schwester rächen. Zur selben Zeit wird auch der von Terramer erschlagene Mile gerächt, der Sohn von Vivianz' Tante – so lange, bis sich der helle Seidenglanz der Sarazenen von ihrem eigenen Blut dunkelrot trübt.

Mit Trompeten, in die Luft geworfenen Schellentamburinen und Flöten wird bereits ein weiterer Angreifer Terramers angekündigt, der junge König Aropatin. Leicht hätte er es mit allen

Truppen des Markgrafen aufnehmen können, so viele Ritter hat er heute dabei. In seiner Fahne ist ein Schachturm zu sehen, der große Macht verheißen soll. Auch seine Schar ist mit viel exquisitem Schmuck kostbar ausgestattet.

Es ist der alte Heimrich mit seiner starken Truppe, auf den Aropatin nun zusammen mit Matribleiß und einem weiteren, verbündeten König stößt – alle Seiten sind bisher vom Kampf verschont geblieben. Heimrich befiehlt seinen Leuten, die Sarazenen auf der Stelle heftig zu attackieren, was auch geschieht. Bald sind deren schöne Rüstungen von Speeren zerfetzt, ganze Schilde zerstückelt, und die Helme samt Schädel gespalten. Trotz ihrer Übermacht werden Aropatins Männer von Heimrichs tapferen Leuten schwer bedrängt – so schwer, dass auch der unverzagte König selbst sein Leben verliert.

Da kommt der adlige und großzügige Sarazenenkönig Josweiß heran geritten. Wie zuvor Aropatin, bietet auch er starke Truppen gegen Willehalm auf. Er ist der Sohn eines mächtigen weißen Fürsten und einer Afrikanerin und lässt von einem seiner Anhänger stolz einen schönen, schwarz-weißen Schwan auf seinem Wappen zur Schau tragen – die hohe Liebe hat den jungen Ritter in diese Schlacht getrieben.

Vier weitere Könige begleiten ihn, von denen der erste gleich ausbricht zum Kampf. Die anderen Scharen folgen mit gezückten Schwertern nach. Sie haben die Tjoste versäumt und wollen keine Speere mehr führen. Josweiß ärgert sich immer noch darüber, Terramer zugestimmt zu haben, dass vor ihm sechs Scharen kämpfen dürfen, und reitet wütend neben seiner Fahne her. Doch seine Hilfe wird sofort dort gebraucht, wo Tibalt und sein Sohn Emereiß durch Rennewart in Bedrängnis geraten sind.

Der Junge hat gerade bewiesen, wie sehr er seine alten Landsleute hasst, und viele Sarazenenkrieger vom Pferd zu Boden gehauen, die so ihr Leben lassen mussten. Heute Gefangene zu machen, darauf kann er verzichten – Rennewart will einzig und allein seinen Rachedurst stillen. Doch auch mit dem Knappen an der Spitze müssen die Franzosen jetzt viel Mut beweisen, die riesigen Scharen der Sarazenen trampeln sie einfach nieder.

Es wird weiter ausgeteilt und hingenommen, mit Donnergetöse nimmt der Kampf seinen Lauf. Emereiß und sein Vater Tibalt haben Glück, das Heer des stolzen Josweiß schafft es, sie aus höchster Not zu retten. Schon künden die Trompeten neue Verstärkung für sie an. Diesmal ist es der mutige Poidwiß, der drei vielgerühmte Heere unter seinem Kommando hat. Auch er ist aufgebracht, dass ihn Terramer erst nach sieben Scharen in den Kampf entlassen hat. Allein die Anzahl seiner Mitstreiter, schimpft er, hätte ihm eigentlich das Recht verleihen müssen, die Schlacht zu eröffnen. Außerdem müsse man ihn nicht schonen, er sei schließlich hierher gekommen, um wie der Hagel auf das Stoppelfeld zu schlagen.

In vollem Aufprall schieben Poidwiß und sein großes Heer jetzt Feind und Freund zusammen, so dass sich viele Truppen dabei trennen müssen. Von dem kampferprobten Ritter geht ein solcher Ruck durchs ganze Heer, dass alle Christen und Sarazenen zu einer einzigen, wogenden Masse zusammengepresst werden und miteinander verschmelzen. Es ist kein Entkommen mehr möglich und viele Leben werden endgültig ausgelöscht.

Die Kriegerhaufen treiben hin und her, auf einer Seite geraten sie aufs Feld, auf einer anderen breiten sie sich auf den Hügeln aus. Reihenweise sieht man Willehalms Männer fallen, und es sieht aus, als würden Poidwiß und dessen Gefolgsleute die Oberhand gewinnen. Sie kämpfen auf schauerlichem Untergrund: Unzählige Tote liegen bereits blutgetränkt auf dem Boden, bedeckt von anderen verwundeten oder toten Rittern und von ihren treuen Pferden.

Doch die Schlacht ist noch nicht zu Ende. Breit und lang und dichtgedrängt wie ein riesiger Wald kommen als nächstes die Truppen des tapferen Sarazenenkönigs Marlanz angerückt. Im Gegensatz zu Poidwiß wartet dieser König die ersten Angriffe ab, bevor er sich mit seinen Gefolgsleuten danach umso heftiger ins

Kampfgetümmel stürzt.

Auch König Margot mag jetzt nicht mehr länger auf seinen Einsatz warten. Für die Christen bietet er ein ungewöhnliches Bild, weil er nicht auf einem Kampfhengst heranreitet, sondern auf einer zarten, geschmückten Stute. Er führt einen bekannten König in den Kampf, der ganz auf Pferde verzichtet: Gorhant vom Ganges. Der indische König kommt jetzt mit seinen wilden, hornbewehrten Fußtruppen zum Einsatz, und wie schon in der ersten Schlacht, müssen sich Willehalms erschöpfte Männer vor ihren mächtigen Eisenkeulen gewaltig in Acht nehmen, um nicht entzwei geschlagen zu werden.

König Marlanz bohrt sich gerade mit seinen Truppen erneut in die Ritterhaufen hinein. In ihrer Not lassen Willehalms Krieger ihr sechsfaches Kampfgeschrei erschallen, während sie versuchen, mit ihren Schwertern zusammen eine feste Kette aus Stahl zu schmieden. Sie können sich kaum Platz zum Sammeln verschaffen, doch irgendwann haben sie es geschafft, und schlagen gemeinsam zurück – unterstützt von Rennewart, der aus ihrer Mitte heraus weiter unbarmherzig seine tödliche Stange schwingt.

Noch mehr Sarazenen haben inzwischen den Larkant überquert und bewegen sich zu seiner Quelle, dorthin, wo Vivianz in der ersten Schlacht den Tod gefunden hatte. Immer noch schleppen sie die Karren mit den Götterfahnen mit, die sie bei Todesstrafe nicht verlassen dürfen. Terramer begleitet sie auf seinem Pferd Brahane, zusammen mit seiner zehnten Schar, die sich jetzt auf das Feld von Alischanz verteilt. Die Männer kommen aus vielen verschiedenen Ländern und so versteht der eine oft nicht, was der andere neben ihm sagt.

Die ganze Ebene und der Larkant erbeben vom erneuten Lärm tausender Trompeten und Tamburine. Über den Fluss streben die Massen langsam voran, eine Schar nach der anderen. Auf den Helmen und Waffenkleidern der laut schreienden Kampfverbände sieht man kostbare Ungeheuer, Drachen und Meerwunder, Vögel, Fische und wilde Tiere aller Art tanzen. Verzweifelt beginnen Willehalms Männer damit, auf das schöne Getier drauflos zu schlagen. Sie brauchen nicht lange zu suchen, überall finden sie einen neuen Gegner. Mutig und laut »Córdoba!« brüllend, hält ihr Truppenführer Ector Terramers Fahne hoch empor, damit sie die Christen mit ihren Schwertern ja nicht hinunterreißen können.

Die Sarazenen drängen mit aller Kraft voran. Sie wissen, dass sie von ihrem Großkönig mit dem Strang bestraft werden, wenn sie es wagen würden, auszubrechen. So bleibt ihnen und ihren Feinden keine andere Wahl, als wie von Sinnen um ihr Leben zu kämpfen.

Wenn jemand noch nie von der Taufe

gehört hat, ist das Sünde?

Dass man die wie Vieh erschlug,

ist eine große Sünde für mich:

Sie sind ganz und gar von Gottes Hand,

alle zweiundsiebzig Völker, die er hat.

Buch ix

die nie toufes künde

enpfiengen, ist daz sünde?

daz man die sluoc alsam ein vihe,

grôzer sünde ich drumbe gihe:

ez ist gar gotes hantgetât,

zwuo und sibenzec sprâche, die er hât.

Das Blatt wendet sich

Auf dem Höhepunkt der Schlacht wird jeder Mann gebraucht – auf beiden Seiten. Für die Sarazenen sind die Angriffe auf ihre Feinde so kräftezehrend, dass sie sogar ihre Götterkarren stehen lassen. Auch Terramers Sohn König Kanliun verlässt jetzt die Wagen und folgt lieber seinem Vater als den Göttern.

Terramer umflutet mit seinen Kriegern das ganze Christenheer. Es glückt ihm, die sechs Scharen Willehalms wieder auseinanderzureißen. Die meisten ihrer größeren Verbände sind inzwischen auf wenige Mann zusammengeschrumpft. Die Ritter können sich in dem riesigen Durcheinander auch nicht mehr an ihren Fahnen orientieren. Sind sie in einem anderen Heer gelandet, rufen sie den Schlachtruf der Freunde einfach mit, und kämpfen an deren Seite weiter.

Trotz der widrigen Umstände schlägt sich der hochbetagte Heimrich so tapfer, dass sich die Sarazenen untereinander warnend seinen Namen zuschreien. Mit seinem Reitrock aus grünem Brokat und den dazu passenden Handschuhen ist er leicht zu erkennen. Der Schlitz des Rockes reicht ihm bis zum Schoß und ist mit Knöpfen aus Smaragden und Rubinen verziert. An der Brust und am Rücken ist jeweils ein seidenes Kreuz angebracht, das drei Enden hat, wie das alte Kreuz der Israeliten. Außerdem trägt er einen altmodischen Helm, der zwar einen Hals- und Nasenschutz hat, das Gesicht aber ansonsten frei lässt.

Heimrich und die Seinen verschaffen sich mit ihren Schwertern mittlerweile so viel Platz, dass sie ganze Truppen in die Flucht schlagen können. Doch einer ihrer Anführer, König Zernubilé, lässt sich davon nicht beeindrucken und wagt ohne jeden Rückhalt den Angriff. Heimrich reitet forsch an ihn heran und schnell muss sich der starke König eines anderen besinnen – die Männer des Grafen schaffen es, ihn mit ihren Schneiden fest einzukeilen. Die Schwerter dröhnen, als sich der Sarazene losreißen kann und sich dem Reiter mit dem schneeweißen Bart zuwendet. Er gibt seinem Pferd die Sporen und greift den Alten brüllend an. Offenbar hat er dessen Kräfte unterschätzt: Heimrich zerschlägt den Helm des schön geschmückten Zernubilé hinunter bis auf dessen Zähne, so dass dieser tot zu Boden sinkt.

Der erneute Tod einer ihrer großen Könige bringt die Sarazenen so in Rage, dass sie sofort blutige Rache nehmen. Einer der Rasenden, der sich mit ihnen johlend ins Gewühl stürzt, ist der einflussreiche König Kliboris. Auf seinem Helm trägt er ein reich geschmücktes Boot, eine königliche Barke. Wenn er seinen Kopf bewegt, sieht es aus, als ob ihm oben und unten glühende Feuerfunken aus dem Mund fliegen. Überall hängen schimmernd reine Edelsteine an einem Gespinst aus goldenen Fäden herab und blinken in der Sonne.

So stürmt Kliboris heran, geradewegs auf Willehalms Bruder Bernhard zu. Der glaubt, sein letztes Stündlein habe geschlagen, und wirklich schlägt ihm Kliboris kurz darauf mehr als eine Handbreit ab vom Helm. Der Hieb bleibt im Kopfschutz stecken, und wäre der Helm nicht doppelt gepanzert gewesen, Bernhard wäre tot gewesen. Der entsetzte Ritter reißt sein Schwert hoch und zerhaut den Barkenhelm mit einem festen Hieb. Dieser füllt sich sofort mit Blut und der schöne, starke Fremde fällt leblos unter sein Pferd. Die Schneiden an Bernhards Schwert sind beide scharf, er hat das berühmte Schwert Prezjose des Königs Baligan in der Hand, den Kaiser Karl einst erschlug.

Auch der Sarazene Poidwiß geht übermütig gegen die Christen vor. Losgelöst von seiner eigenen Truppe, tötet er den französischen Burggrafen Kiun und sechs weitere seiner Landsleute auf einen Streich. Der junge Heimrich, der mit dem Burggrafen verwandt ist und alles mitverfolgt hat, sprengt zornig auf Poidwiß los, schlägt ihn in die Flucht und verfolgt ihn bis in eines der feindlichen Lager. Dort gelingt es ihm, dem Pferd seines Gegners das Kopfgestell abzuschlagen, so dass es den Zaum nicht länger tragen kann. Heimrich dreht das Pferd zusammen mit Poidwiß herum und bringt den stolzen König für immer zu Fall.

Nun hat Terramer endgültig genug und stürzt sich selbst in das Kampfgeschehen. Niemand wagt es, den Großkönig anzugreifen, bis auf den französischen Grafen Milon, der seinem Pferd schonungslos die Sporen gibt, direkt auf Terramer zu. »Zu mir her, alter Greis!«, ruft er ihm herausfordernd zu. »Du hast mehr als genug Schaden angerichtet. Kämpfe mit mir, wenn du willst!«

Es werden die letzten tapferen Worte des Grafen, dem Terramer bald darauf das Leben aus dem Leib schneidet. Der aufgebrachte Rennewart rächt den Grafen auf der Stelle und erschlägt der Reihe nach fünf edle Sarazenenkönige mit seiner Stange. Sein grobes Schlachten bringt Rennewart viele empörte Rufe ein, doch der lässt sich nicht beirren.

Ein Teil von Halzebiers Heer ist inzwischen so erschöpft und verwundet von den Kämpfen, dass es aufgeben und geordnet zu den Schiffen aufbrechen will – es sind die Männer, die die Schlacht am Morgen eröffnet haben. Rennewart aber läuft ihnen nach und verfolgt sie bis zum Strand, auch das Heer des Markgrafen schließt sich Schwerter schwingend an. Noch ahnen sie nicht, dass der Pfalzgraf Bertram und seine sieben Verwandten ganz in der Nähe gefesselt im Bauch eines Schiffes liegen. Die Gefangenen jedoch können ihren vertrauten Schlachtruf von draußen hören und beginnen, von Freude überwältigt, selbst laut »Munschoi!« zu schreien.

Über ein Beiboot gelangt Rennewart auf das Schiff und beginnt damit, einen nach dem anderen von der Mannschaft über Bord zu werfen. Viele versuchen noch, hinten in das Schiff zu fliehen, doch Rennewart bricht alle Planken nacheinander auf, bis er sie alle wieder heraus gefischt hat. Als er die acht hilflosen Fürsten erkennt, stößt er die Sarazenen erst recht und mit voller Rüstung ins Meer, so gewaltig ist sein Zorn. Danach zwingt er die Wächter, den Gefangenen schnellstmöglich die eisernen Fesseln an den Armen und Beinen aufzuschließen. Zum Dank verschont er die unbewaffneten und zu Tode erschrockenen Männer, die aus Nubiant stammen. Bertram, Gerhard, Huwes, Witschart, Giblin, Gaudin, Hunas und Samson sind frei und können das Schiff zusammen mit ihrem Retter endlich verlassen.

Wieder an Land, geht Rennewart weiter unerbittlich gegen die berittenen Sarazenen vor. Er will an die Rüstungen herankommen, die die Befreiten brauchen, erschlägt dafür aber gleichzeitig Ross und Reiter. Pfalzgraf Bertram gibt ihm einen guten Rat: »Stoß' die Ritter auf die Erde, aber lass' die Pferde leben! Wir können mit Pferden besser kämpfen als zu Fuß!«

»Daran werde ich mich halten!«, ruft der Knappe und schlägt einen Sarazenen nach dem anderen von ihren Pferden, bis er die Tiere für seine Freunde fortziehen kann.

Ein Emir aus Halzebiers Truppe kämpft immer noch besonders hartnäckig gegen die Feinde an. Rennewart schafft es, an ihn heranzukommen, und stößt ihm die Stange mit voller Wucht durch den gepanzerten Körper. Jetzt hat auch der blonde Giblin als letzter ein Pferd für sich gewonnen.

Da sehen sie, wie der angeschlagene Halzebier immer noch wie ein Eber weiterkämpft. Samson, ein Neffe Willehalms, wittert seine Chance, sich für Vivianz zu rächen, und dafür, dass Halzebier sie in Terramers Gefangenschaft gegeben hat. Alle acht eröffnen den Kampf gegen den starken König, bei dem sich beide Seiten nichts schenken. Der treue Hunas muss sein Leben lassen, die anderen sieben tragen schwere Wunden von Halzebiers Schlägen davon. Doch letztlich hat der ruhmreiche König gegen so viele Angreifer keine Chance: Noch im Schweiß gebadet, wird sein Körper kalt, ehe er stirbt. Aus den sechs Heeren, die er angeführt hat, liegen schon viele Fürsten rings um ihn verstreut – nur zu gerne hätte Terramer ihm und den anderen dieses Ende erspart.

Der Tod ihres großen Heerführers wühlt die Massen neu auf. Von allen Seiten sind wieder aufputschende Schlachtrufe zu hören und von jetzt an kann man die Christen von den Sarazenen nicht mehr unterscheiden. Unermüdlich bringt Willehalm weiter jeden zu Fall, der es wagt, ihn mit Lanzen zu attackieren.

Nur der gestandene Sarazenenkönig Aukin steht verloren mitten im Gewühl, er hält Poidwiß' verlassenes Pferd am Zügel – es wird später zu Rennewart kommen. Mit bebender Stimme fragt er die kämpfenden Gefährten, wo sein Sohn abgeblieben ist. »Mein geliebter Poidwiß, ob ich dich jemals wiedersehe?«, ruft er schwermütig. »Man muss es dir lassen, du hast einen Sieg nach dem anderen errungen, das können nicht einmal deine ärgsten Feinde leugnen. Das hattest du von mir, bis jetzt habe ich keine einzige Niederlage einstecken müssen. Doch wenn ich dich heute verlieren sollte, wäre es nicht nur meine erste, sondern auch meine größte Niederlage ... lieber würde ich sterben!«

Schneller als er diesen Wunsch ausgesprochen hat, wird er erfüllt, denn jetzt nimmt der Markgraf selbst den Kampf mit dem klagenden Vater auf. Der verzweifelte Aukin schlägt Willehalms Helm so zusammen, dass er blutig und löchrig wird. Der Markgraf erkennt, dass er es mit einem gleichwertigen Gegner zu tun hat – er muss sich wehren, wenn er sein Leben retten will. Gezielt führt er sein Schwert Schoiuse dort hin, wo der Schild nah am Kinnriemen des Helms sitzt, und kurz darauf sieht man Aukin für einen Augenblick ohne Kopf im Sattel sitzen. Der Kopf, der Schild, und schließlich der ganze Körper fallen in den Staub.

Im selben Moment tauchen drei neue, ausgeruhte Sarazenenkönige mit ihrem Gefolge auf dem Schlachtfeld auf. Der Larkant mit seinen schmalen Furten hat sie bisher davon abgehalten, zu den christlichen Rittern vorzudringen. Auch Rennewart kommt gerade nach einer kleinen Pause mit frischer Kraft zurück. Wie oft er seinen Gegnern ausweichen musste, kann man an den zerschnittenen, stählernen Bändern seiner Stange sehen. Jeder aber, der es gewagt hat, ihn anzugreifen, hat es bisher mit dem Leben bezahlen müssen.

Verärgert sieht der Knappe, dass die Christen durch die neuen Angreifer weit zurückweichen müssen und dass ihre Kräfte langsam schwinden. Er wendet sich dorthin, wo Gerhard, seine Verwandten und die Schar des erschlagenen Burggrafen Kiun gerade fechten. Rennewart kann ihnen die Reichsfahne zurückbringen, die sie zwischendurch verloren haben. Der Träger der Fahne, ein tapferer Ritter aus der Normandie, ist darüber sehr erleichtert. Doch auch als sie sich wieder gesammelt haben und der starke Knappe unter ihnen ist, wird die Lage für sie zunächst nicht einfacher.

Zu ihrem Überdruss hören sie neuen Trompetenschall, auch die letzte Schar hat es nun noch über den Larkant geschafft: vierzehn kampfeslustige Königssöhne galoppieren mit ihren Rittern heran, angeführt von ihrem alten Vater Purrel. Der mächtige König aus Nubiant ist ein Schwiegersohn Baligans und ungewöhnlich gut gewappnet: Sein Panzer besteht aus einer leichten, grünen Drachenhaut, die so hart ist wie ein Diamant. Sein Schild ist ebenfalls rundherum mit der Wunderhaut überzogen, die außer ihm keiner hier auf Alischanz besitzt. Aus einer anderen, ebenso undurchdringlichen Schlangenhaut ist Purrels Helm angefertigt worden. Sie blitzt in vier schillernden Farben, schön wie ein Regenbogen.

Der ergraute Heerführer ist wie seine Söhne immer noch davon überzeugt, den Sieg auf seiner Seite zu haben. Doch Willehalms Männer halten ihre sechs Heere fest beisammen und der ruhmreiche Purrell muss mit ansehen, wie seine Söhne und viele seiner Mitstreiter zu Brei zerhauen werden. Als einer seiner Söhne gerade in Gefahr ist, eilt der Vater für ihn im Sturm heran, und bringt nacheinander fünf getaufte Ritter um.

Purrel wütet weiter und schlägt sich im Getümmel eine blutige Straße frei. Das ist das Zeichen für Rennewart, einzugreifen. Er springt auf den freien Kampfplatz und reißt seine Stange gegen Purrels leuchtend grünen Schild und Helm mit solcher Kraft nach oben, dass die Stange zerbricht. Das abgebrochene Stück fliegt durch die Luft und durchbohrt den Helm eines unbeteiligten Ritters. Nicht nur die Spangen an der Stange springen von der

Wucht des Aufpralls ab, auch Purrels Glieder krachen böse. Hätte er seinen Drachenpanzer nicht gehabt, wäre der Ritter wohl ganz auseinander geborsten. Sein mutiges Pferd bricht tot unter ihm zusammen und der König sinkt bewusstlos auf die grüne Wiese. Blut rinnt ihm aus Mund, Ohren und Nase.

Rennewart kämpft sich weiter durch Purrels Reiter. Weil er sein scharfes Schwert in der Scheide vergessen hat, beginnt er, mit bloßen Fäusten weiter zu boxen. Da stürmt Giblin auf seinem Pferd heran und rät ihm, doch sein Schwert zu zücken. Der Knappe begreift sofort und schont mit seinen Schneiden keine Rüstung und keinen Mann. Stolz wirft Rennewart seine neue Waffe in der Hand herum. »Meine starke Stange war mir doch etwas zu schwer«, ruft er forsch. »Du bist leicht und trotzdem gut zum Kämpfen!«

Unterdessen wird der alte, tapfere Purrel von den Seinen auf einem Schild zu Fuß vom Kampffeld davongetragen. Obwohl sie selbst geschwächt und verletzt sind, bringen ihn die Gefährten weit übers flache Land ans Meer.

Purrels Niederlage führt auf dem Feld zu neuen harten Kämpfen, die Sarazenen lassen Wurfspieße auf die Christen regnen, Speere und Stoßlanzen fliegen durch die Luft. Rennewart, der von Alice träumt, kämpft inzwischen wie ein echter Ritter mit den Älteren mit.

Da sieht Sinagun, wie Purrels verletzte Söhne schon fast auf der Flucht sind. Er sprengt mit seinen Männern heran, um ihnen in letzter Sekunde beizustehen. Mittlerweile hat Terramer von Poidjus erfahren, wie es um seine Verwandten steht, und dass er Halzebier und viele andere seiner wichtigen Kämpfer verloren hat. Verzweifelt spornt er seine Leute an, durchzuhalten, aber die Lage verschlechtert sich für ihn von Minute zu Minute: Tibalt nimmt zusammen mit dem verwundeten Burggrafen Giboiß und seinem ganzen Heer vor dem starken Riesen mit der Stange Reißaus, und auch die Schar seines Sohnes Emereiß ist am Ende, als der tapfere Ector durch die Hand Bernhards nicht nur seine Fahne, sondern auch sein Leben verliert.

Stattdessen hissen die Christen jetzt triumphierend ihre Flaggen: König Louis' Reichsfahne, die Fahne der Provenzalen mit Willehalms goldenem Stern, Bernhards Fahne, die des alten Heimrich, die von Bertram und Gibert, und Schilberts Fahne, unter der der Schetis reitet. Schließlich schaffen sie es sogar, die Truppen von Terramers Söhnen in die Flucht zu schlagen, gemeinsam und mit neuer Kraft.

Die wilde Flucht

Die stärksten Ritter der Sarazenen, Poidwiß und Halzebier, sind tot. Viele der hochgeborenen Söldner geben deshalb auf und fliehen, auch die meisten Könige, Fürsten und Emire müssen besiegt das Feld räumen. Die tapferen Söhne Tibalts und Terramers, Emereiß, Fabors und Kanliun, helfen ihren Verwandten und Vasallen, und halten sie noch von den heftigen Angriffen der Christen frei. Am Ende gibt sich auch der große Terramer geschlagen und galoppiert den anderen Flüchtenden auf seinem Pferd Brahane nach. Seine hochfliegenden Pläne sind nicht aufgegangen, er muss sich nun die eigene Niederlage eingestehen.

Die Masse der Truppen wendet sich bereits dem Gebirge zu. Für viele von ihnen wird dieser Weg durch die nachjagenden Christen aber zur erneuten Todesfalle. Andere fliehen zum Strand und müssen in voller Rüstung ins Wasser steigen. Ein paar der verzweifelten Sarazenen versuchen auch den gefährlichen Weg durchs Moor. Bei dem Gerangel und Gedränge zertreten viele ihre eigenen schönen Seidenzelte und Schnüre. Ebenso werden Ross und Reiter von den Nachdrängenden in den Larkant getrieben, wo sie in große Not geraten.

Doch noch immer müssen Willehalms Männer mit Widerstand rechnen. Besonders das Heer des stolzen Josweiß wehrt sich tapfer unter seiner schwarz-weißen Schwanenfahne. Als er mit den anderen zur rettenden Furt des Flusses kommt, weicht er ständig zurück – aber nicht aus Angst, sondern um die Männer zu beschützen, die sonst dortgeblieben wären. Die sechs Schlachtrufe der Franzosen sind immer seltener zu hören, stattdessen schreien sich die letzten Kämpfer laut zu, aus welcher Stadt sie kommen. Zusammen treiben sie noch manchen sarazenischen Würdenträger in die Furt, der es nicht gewohnt ist, zu fliehen.

Die Lage ist dramatisch. Die meisten Sarazenen können nicht einmal von ihren Königen und Verwandten Abschied nehmen, in der wilden Flucht denken sie nur noch an ihr eigenes Leben.

Das Durcheinander setzt sich auch am Strand fort. Obwohl die Verbände an ihren Ankerplätzen deutlich ihre Banner anzeigen, verirren sich manche der Flüchtenden trotzdem noch im allgemeinen Chaos. Die Panik ist so groß, dass es die Männer in den Beibooten nicht einmal mehr schaffen, auf ihre eigenen Brüder zu warten. Sogar manchem Heerführer scheint es gleichgültig geworden zu sein, wer vorher ihr Schiffsmann war oder es jetzt ist. Nicht wenige der Könige müssen sogar selbst in See stechen, und das, ohne die Segel vorher gesetzt zu haben.

Terramer jedoch beweist allen noch einmal, wie tapfer er ist. Als er erfolgreich vor seiner Flotte angekommen ist, wendet er sich wieder den Heranstürmenden am Ufer zu, um ihren Abzug gegen die nachdrängenden Christen zu decken. Auch König Sinagun und der treue Emereiß helfen standhaft mit, die Feinde abzuwehren. Rennewart, der zu Fuß an den Strand gehastet ist, kann ebenfalls sehen, wie mutig und unverdrossen sein alter Vater zu seinen Leuten steht.

Von dem Kampf im Larkant haben sich inzwischen sogar die Fische rotgefärbt. Willehalm jagt den Fliehenden immer noch schreiend hinterher, mit im Gefolge sind Herzog Bernhard, ein Bruder von ihm, der Herzog von Vermandois, der unverzagte Landgraf Buove und der alte Heimrich. Als erstem gelingt es König Schilbert, die breite Furt zu durchqueren und den Sarazenen nachzusetzen. Bertram und Giblin schlagen die nötigen Lücken, und bald haben es alle Männer Willehalms durch den Larkant bis an die Küste geschafft, die schmal gewordenen und zerfetzten Fahnen fest in der Hand.

Als Willehalm Terramer sieht, zögert er nicht, den Oberbefehlshaber selbst anzugreifen – auf diesen Augenblick hat er lange gewartet. Er erkennt ihn sofort an seinem leuchtenden Wappen, auf dem einer ihrer hohen Götter, Kahun, einen Greifen reitet. Schon Baligan und dessen Sohn, die im Kampf gegen Kaiser Karl gefallen waren, hatten unter diesem Wappen gekämpft. Willehalm gibt Volatin die Sporen, ebenso macht es Terramer mit seinem

Pferd Brahane. Der Großkönig schlägt dem Markgrafen durch den Helm, doch dessen Schwert Schoiuse schneidet Terramer im gleichen Augenblick durch die ganze Rüstung und verletzt ihn schwer. Da versucht Terramers Sohn Kanliun, seinen Vater in letzter Sekunde zu retten, und stürzt sich auf Willehalm. Doch Rennewart ist ebenfalls zur Stelle, und ohne es zu ahnen, tötet er seinen eigenen Bruder.

Der Junge ist nicht mehr zu halten und spaltet einen anderen Sarazenenfürsten bis auf den Gürtel hinunter, wo das Schwert hängt. Den nächsten König erschlägt Rennewart durch die Nieten aller seiner Panzerringe, und auch zwei darauffolgende Könige können seinem Wüten nicht mehr lebend entkommen.

Terramers Männer schaffen es unterdessen zusammen mit Sinagun, den schwerverletzten Großkönig auf seinen Schnellsegler zu retten. Seine Krieger sind in Blut und Schweiß getränkt und nur wenige wie Poidjus wagen es, auf ihrem Rückzug noch einen Feind anzugreifen. Doch irgendwann hat auch dessen Fahnenträger genug: Zornig spießt er mit seiner Fahne in einer letzten Tjost den Grafen Gandaluß auf. Sein Stoß ist so heftig, dass der berühmte Ritter aus der Champagne in einem riesigen Blutschwall sein Leben lassen muss. Aber er hat vergessen, dass Rennewart in der Nähe ist, und wird von dem Knappen kurzerhand erschlagen. Poidjus, der den Tod seines Fahnenträgers mitverfolgt hat, wird von Rennewart ebenfalls zum Kampf aufgefordert – doch diesmal ergreift selbst er lieber die Flucht.

Die Schlacht ist vorbei, Rom ist für die Sarazenen verloren. Eine Niederlage, die der große Terramer den Rest seines Lebens beklagen wird.

Gewonnen und doch verloren

Um ihren Sieg über die Sarazenen zu verkünden, und aus Freude über seinen wiedergefundenen Sohn, bläst Bernhard von Brubant das Horn so laut er kann. Die Überlebenden beginnen, auf den Fluchtwegen und dem blutigen Schlachtfeld nach ihren Gefallenen zu suchen – zur Trauer ist noch keine Zeit. Willehalms Männer können reiche Beute machen, auch für die Armen unter ihnen ist mehr da als sie tragen können. Ausgezehrt plündern sie die reichen Essensvorräte ihrer Feinde und stürzen sich durstig auf deren guten Wein.

Inzwischen ist die Nacht angebrochen. Viele trinken bis zur Besinnungslosigkeit, um den Sieg zu feiern. Aber auch Schmerz und Trauer rufen danach, betäubt und vergessen zu werden.

Ein bleierner Schlaf erfasst die Männer und hilft ihnen, die vielen Verletzungen leichter zu ertragen. Mit zerschlagenen Gliedern und schwerem Kopf tragen sie ihre Toten am nächsten Morgen zu vielen Haufen zusammen. Die einfachen Ritter werden gleich an Ort und Stelle begraben. Auch die hohen Könige, Fürsten, Grafen und Barone, bieten einen teils schrecklichen Anblick. Sie, die nach Hause überführt werden sollen, werden aufgebahrt, ihre Wunden versorgt und der gesamte Körper einbalsamiert.

Als die ersten Truppen zur Rückkehr aufbrechen, ist ihr Tagespensum nicht groß. Die schweren Leichenkarren und die eigenen Wunden zwingen sie dazu, langsam zu reiten und zu gehen. Noch liegen auf dem großen Feld unzählige tote Sarazenen – hier kann niemand eine Lagerstätte errichten. Willehalm ist ganz in Gedanken versunken. Es fällt ihm schwer, Alischanz zu verlassen. Er ist völlig verzweifelt, weil er nirgends seinen Gefährten Rennewart entdecken kann, weder tot noch lebendig.

»Ich weiß noch immer nicht, wo meine rechte Hand geblieben ist«, sagt er niedergeschlagen. »Er hat auf beiden Seiten den Preis davongetragen, als es zur Entscheidung kam. Er hat mir dieses

Land erkämpft, die verlorenen Franzosen wieder zugeführt, die schöne Giburg und mein Leben bewahrt. Ohne ihn wäre mein alter Vater tot, alle meine Helfer, meine Verwandten, meine Brüder, selbst die Gefangenen hat er für mich befreit. Wie kann ich mich jetzt bei ihm bedanken, wie ihm jemals dienen?«

Willehalm quält sich mit der Frage, ob sein Knappe tot ist, und fühlt sich verlassener denn je. Nicht einmal nach der ersten Schlacht hat er einen so großen Verlust gespürt: »Rennewart, du verdienst es, dass alle Christen für immer um dich trauern. Du hast für das Christentum höchsten Ruhm errungen! Gott, hab' Erbarmen! Warum hat mich Terramer nicht umgebracht? Wer hat mir das vererbt, dass ich so viel verlieren muss? Etwa Kaiser Karl, auch wenn ich nicht mit ihm verwandt bin? Was nützt mir jetzt mein Fürstentitel? Mein Glück ist endgültig tot.«

Tränen schießen aus seinen Augen, die sich anklagend zum Himmel wenden. »Mein Verlust ist deine Schande, Sohn der Jungfrau! In deinem Namen wurde mein Besitz, mein Leben feilgeboten. Lass' mich jetzt nicht im Stich! Im Kampf für Giburg habe ich viele Speere krachen gehört, doch sie wird mir den Verlust nun leider nicht ersetzen können. Trotzdem liebt sie mein Herz. Ohne deine Hilfe und ihren Trost werde ich mich nie wieder von den Fesseln des Jammers lösen können. Auch kein Reichtum dieser Welt wird mich jemals daraus befreien ...«

Beherzt tritt Herzog Bernhard auf seinen völlig aufgelösten Bruder zu und weist ihn zurecht: »Du bist nicht der Sohn unseres Vaters, wenn du dich hier so weibisch aufführst! In einem großen Unglück braucht man Mut! Das ganze Heer wird nur noch jammern, wenn du hier wie ein Säugling nach der Brust weinst. Wir müssen Landesherren sein! Wer überlässt uns denn die Länder und ihren Reichtum ohne den Einsatz von Schwert und Blut? Du hast Tibalts Land und seine Frau gewonnen – glaub' mir, er wird noch viele Männer gegen uns einsetzen! Du weißt genau, dass es sechs Jahre gedauert hat, bis Terramer seine Leute auf uns gehetzt hat. Auch ich bin über Rennewarts Verschwinden traurig, er hat meinen Sohn Bertram befreit und sieben deiner Fürsten. Aber Willehalm, wir können hier nicht bleiben, das sagen alle!«

Bernhard schlägt seinem Bruder vor, erst einmal abseits vom Schlachtfeld ein Lager aufschlagen, um den verlorenen Knappen auf den Bergen und in den Tälern zu suchen. Doch der Markgraf kann nicht aufhören, zu weinen, und sein Bruder versucht erneut, ihn aufzurichten: »Denk' einmal nach, wo und wann hat jemals ein Fürst einen solch großartigen Sieg errungen? Seit Adams Zeiten hat es das noch nicht gegeben. Wir haben ja gesehen, wie die stolzen Heiden selbst auf ihrem Rückzug nicht aufgehört haben, Widerstand zu leisten – was, wenn sie Rennewart dabei gefasst haben? Wir haben selbst genug Könige und Fürsten gefangen, um ihn leicht wieder auszulösen, zwanzig oder mehr. Terramer will sie bestimmt zurück haben! Verlange von unseren Fürsten, dass sie dir die gefangenen Heiden zum Schutz deines Landes herausgeben. Und sage ihnen, dass du nichts von ihren Schätzen willst. Jeder Fürst hier sieht genau, welche Not dich dazu zwingt. Reite jetzt in ihre Lager, dein Vater und deine Brüder werden dich begleiten. Sei froh und danke Gott: Er hat dich hier zu hohen Ehren gebracht und deinen Ruhm gemehrt!«

Willehalm blickt Bernhard aus seinen verschleierten Augen nachdenklich an. »Gott weiß wohl, was er tat. Glaub' mir eins, mein Bruder, dieser Sieg hat mich in meinem Herzen besiegt, weil ich jetzt noch mehr von denen vermissen werde, die mein ganzes Glück waren. Jetzt muss ich so tun als ob ich fröhlich wäre, doch ich bin's leider nicht. Aber du hast recht, ein echter Führer muss tapfer sein und seinen Leuten Hoffnung geben. Reite mit mir, ich bin sicher, dass mir die Herren jedes Zeltrings die Heiden übergeben werden, die darin sind.«

Der Markgraf bekommt alle Gefangenen ausgeliefert, die er haben will. Sie werden auf die Blumenwiese vor das Zelt des alten Heimrich gebracht, der sie dort für seinen Sohn in Gewahrsam nimmt. Für den Markgrafen ist dies eine hohe Ehre, alle großen Sarazenen, derer man habhaft werden konnte, hat er nun in seinen Händen. Bis auf den berühmten skandinavischen König Matribleiß lässt er alle in Eisenfesseln schließen. Unter ihnen sind fünfundzwanzig Landesherren, die bei der Verteidigung Terramers am Meer aufgegriffen worden sind.

Höflich wendet sich Willehalm Matribleiß zu. »Ich weiß, dass Ihr mit meiner Frau verwandt seid, für sie sollt Ihr hier von allen geehrt sein. Euer Leben war vorbildlich und Ihr habt hohen Ruhm erworben. Ich kann Euch in allem loben, für Eure Tapferkeit und Treue, für Eure Freigebigkeit und Beharrlichkeit. Ich möchte Euch um etwas bitten: Nehmt einige von den Gefangenen und sucht mit ihnen Eure gefallenen Könige auf dem Feld. Stellt ihre Namen und ihr Land vollständig und genau fest, und hebt sie sorgfältig auf, damit sie nicht den Wölfen und Raben zum Opfer fallen. Wir wollen die Verwandten Giburgs für sie würdig behandeln, sie salben, einbalsamieren und königlich aufbahren – so, als wären sie in ihrem eigenen Reich gestorben.«

Kaum hat er dies von Willehalm gehört, wirft sich Matribleiß zu seinen Füßen nieder. Schnell wird er wieder aufgehoben. Er dankt dem Markgrafen überschwänglich und sagt, dass er seinem Ruhm mit dieser Tat die Krone aufsetze: »Unsere Kämpfe und unser hohe Gott haben uns nicht vor der Niederlage bewahrt. Dass man uns dabei zusehen konnte, wie wir geflohen sind, belastet mich sehr. Ich wurde kämpfend in den Larkant gedrängt und nicht in die Flucht geschlagen. Doch es hilft nichts, wenn ich mich hier als Gefangener alleine rühme. Hätten wir uns alle besser gewehrt, wären von uns mehr gerettet worden, und Terramer hätte ruhmvoll aus der Schlacht gehen können.«

Der Markgraf erzählt Matribleiß noch von einer traurigen Entdeckung, die er gemacht hat: »Als Terramer am Meer geschlagen war, haben viele von uns reiche Beute machen können. In seinem Lager habe ich ein hohes, weites Zelt ganz aus weißem Brokat gesehen, in dem einer eurer Priester war. Durch meinen Helm war ich schwer verletzt. Ich ritt nicht hinein, um zu plündern. Dort sah ich dann dreiundzwanzig aufgebahrte, tote Könige mit ihren

Kronen liegen. Jede Bahre trägt am oberen Ende eine Gedenkinschrift auf einer breiten, goldenen Tafel. Auf den Inschriften kann man nachlesen, woher jeder stammt und wie er umgekommen ist. Jeder Buchstabe ist mit Edelsteinen eingelegt und die Bahren sind schön geschmückt. Es tat mir leid, dass ich in den Raum eingedrungen war. Ich fragte den Priester, woher all der Reichtum stammt, und der antwortete mir, dass Terramer all dies gestiftet habe – er wollte nur das Beste für die, die dort lagen, da bin ich mir sicher.«

Der erstaunte Matribleiß erfährt von Willehalm, dass er das Zelt und den Priester mit seiner Fahne vor Plünderern hat schützen lassen. Und dass er ihm jetzt von seiner Entdeckung vor allem deswegen erzähle, weil er dort auch viele Gefäße mit Balsam gesehen habe – diese Gefäße und alles aus dem Zelt, was er sonst noch brauchen könne, gebe er jetzt für ihn frei: »Führt nun Eure edlen Toten dorthin, wo man sie nach Eurem Brauch würdig bestatten mag. Ich will Euch starke Maultiere besorgen, die sie tragen sollen, und Leute, die sich um die Bahren kümmern auf den Brücken, Furten und Wegen. Wenn Ihr es wollt oder wünscht, werde ich Euch auch mehr gewähren – es soll Euch an nichts fehlen. Seid von Eurem Wort entbunden. Reitet nun zu Euren toten Königen und bringt sie zu Terramer, der ohne dass ich schuld daran gewesen wäre, zu seiner großen Überfahrt aufrief. Ich will in Frieden mit ihm leben, aber nicht so, dass ich dafür meinen Glauben aufgeben, oder sogar meine schöne Frau zurückgeben muss. Das werde ich niemals tun!«

Respektvoll verbeugt sich der skandinavische König vor dem Markgrafen, doch diesem liegt noch etwas Wichtiges auf dem Herzen: »Richtet ihm bitte auch aus, dass ich ihm die toten Könige nicht aus Angst sende. Ich ehre damit sein Geschlecht, mit dem ich durch Giburg in Freude und Leid verbunden bin – seit dem Tag, an dem mich Tibalt angriff. Vor ihm hätte ich hier sicher alleine bestehen können, wäre Terramer bloß bei seinem Hohepriester in Bagdad geblieben, der mich jetzt hier heimgesucht hat. König Matribleiß, im Namen dessen, der die Anzahl der Sterne kennt und uns das Licht des Mondes gab: Kehrt unter seinem göttlichen Schutz wohlbehalten zurück, denn ich weiß, niemals wich ritterlicher Sinn aus Eurem Herzen!«

Wie Willehalm es befohlen hat, geschieht es. Mit den letzten abziehenden Sarazenen ist nicht nur seine Mark, die Provence, wieder frei, sondern Louis' gesamtes römisches Reich. Doch die Klagen und die Trauer des Markgrafen haben jetzt, am zweiten Tag nach der Schlacht, erst begonnen.

Nachwort

Wie sinnlos kann ein Krieg sein? Wie tragisch eine Liebe? Die Geschichte von der außergewöhnlichen Liebesbeziehung zwischen dem christlichen Ritter Willehalm und der sarazenischen Königin Arabel gibt viele zeitlose Antworten auf diese Fragen.

Die Grundlage[1] für diese Neuerzählung bildet der *Willehalm* des *Parzival*-Dichters Wolfram von Eschenbach[2]. Mit dieser Auftragsarbeit – der Übersetzung einer altfranzösischen Vorlage[3] im Namen des Landgrafen Hermann I. von Thüringen[4] – schuf Wolfram vor über 800 Jahren einen der beliebtesten Erzähltexte des Hochmittelalters oder modern ausgedrückt: einen echten Bestseller.

Im Unterschied zu Wolframs *Parzival* ist der *Willehalm* heute in Vergessenheit geraten. Zu Unrecht, denn diese Erzählung ist immer noch etwas ganz Besonderes. Sie ist Ritterepos, Heldenroman, Heiligenlegende, Liebesgeschichte und Schlachtengemälde zugleich, sie ist alt und doch modern, brutal und doch zärtlich, fremd und doch vertraut, märchenhaft und doch real – kurz, diese Geschichte ist eine durch und durch menschliche Erzählung.

Die vorliegende Nacherzählung hält sich nah am Original und passt sie behutsam der heutigen Zeit an. Sie teilt die neun Bücher des Epos in sinnhafte Abschnitte, rafft die knapp 14.000 Verszeilen zusammen und komprimiert die weit über hundert namentlich genannten Haupt- und Nebenfiguren[5] sowie die mit ihnen verbundenen Länder. Die Konzentration liegt auf der Handlung, daher wurden die persönlichen Wertungen, religiösen Ausschmückungen und Gebete Wolframs[6] ausgespart.

Wolframs *Willehalm* beschäftigt sich mit einem damals wie heute brisanten Thema der Weltgeschichte, dem Konflikt zwischen

Orient und Okzident, Morgen- und Abendland, Islam und Christentum. In diesem Kampf zwischen Gläubigen und Ungläubigen (»Heiden«) scheint es für die beiden Liebenden weder eine Lösung noch einen Kompromiss zu geben. Hier kommt die zwiespältige Kraft der Religion ins Spiel, die inspiriert und zusammenführt und gleichzeitig zerstört und trennt.

Auf christlicher Seite war es die historische Kreuzzugsbewegung, in der die adelige Führungsschicht das neue Ideal des Ritters als Gotteskrieger beschwor und in die Praxis umsetzte. Bis in Wolframs Zeit hinein, ins 13. Jahrhundert, zogen die Kreuzritter gegen Ungläubige und Ketzer zu Felde. Es besteht kein Zweifel, Wolframs Erfahrungen sind in den *Willehalm* eingeflossen, obwohl dessen Handlung viel früher, bereits zur Zeit Karls des Großen beginnt. Ein Beleg dafür, dass Wolfram seinen *Willehalm* nicht als historisch korrektes Dokument angelegt hat.

Willehalms Männer sind Kreuzritter. Ihr Ziel ist aber nicht die Neueroberung, sondern der Erhalt von bereits Gewonnenem: Land, Besitz, Glaube und die eigene Frau sind »heiliges« Eigentum, für das mit dem Schwert und unter Einsatz des eigenen Lebens bis zum bitteren Ende gekämpft wird. Gleiches gilt für die ebenso ritterlich agierenden muslimischen Sarazenen. Zwar kann auch Wolfram das Stereotyp des ungläubigen und deswegen zur Hölle verdammten Fremden in seinem Werk nicht auflösen – dennoch begegnen sich die Kontrahenten hier immerhin erstmals auf Augenhöhe.

Willehalm beginnt mit einem für das Hochmittelalter unerhörten Vorgang: Der christliche Ritter und Markgraf der Provence, Willehalm, verliebt sich nach seiner Gefangennahme in Arabien in die sarazenische Königin Arabel. Nach der Flucht in Willehalms Heimat wird Arabel zwar Christin und rechtmäßige Frau Willehalms, doch das Glück ist nicht von Dauer. Die beiden haben nicht mit der zerstörerischen Kraft von Arabels erstem Mann Tibalt sowie mit der ihres Vaters, der gesamten Verwandtschaft und der Götter gerechnet.

Wolframs *Willehalm* gilt offiziell als unvollendetes Fragment. Zwei große Schlachten und ihre riesigen Verluste bleiben am Ende unbewältigt. Ebenso offen bleibt die Frage nach dem Jungen Rennewart[7]. Und doch zeigt sich genau in der Schilderung dieses schicksalhaft ineinander verwobenen, verwandtschaftlichen Leids und dem fehlenden »Happy End« eine revolutionär anmutende, neue Haltung. Im Gegensatz zur einseitig feindlich gesinnten Kreuzzugsideologie eines *Rolandslieds* thematisiert Wolfram hier auch die Lebens- und Gefühlswelt der muslimischen »Heiden«. Das macht den *Willehalm* zu einem frühen, aufklärerischen und humanistischen Dokument, zu einem literarischen Schatz, der bis heute zum Mitfühlen, Nachdenken und Staunen einlädt.

Gudrun Opladen, 28. Mai 2015

ANMERKUNGEN

1. **Als zugrunde liegende Übertragungen des** *Willehalm* **wurden vor allem genutzt:** »Wolfram von Eschenbach – Willehalm. Text und Kommentar, Herausgegeben von Joachim Heinzle, Deutscher Klassiker Verlag, Frankfurt am Main 2009« und »Wolfram von Eschenbach – Willehalm. Aus dem Mittelhochdeutschen übertragen von Reinhard Fink und Friedrich Knorr. Eugen Diederichs Verlag Jena 1941«

2. **Wolfram von Eschenbach** (* um 1160-80; † um/nach 1220) wurde im fränkischen Ober-Eschenbach geboren, das seit 1917 stolz Wolframs-Eschenbach heißt. Nach Heinzle (s. o.) gilt Wolfram »der modernen Forschung als der bedeutendste Dichter der mittelhochdeutschen Klassik.« Den *Willehalm*, der zum Karolingischen Sagenkreis gezählt wird, übertrug Wolfram von Eschenbach für den Landgrafen Hermann I. von Thüringen ins Deutsche. Wann dies exakt war, ist umstritten, es könnte vor dem Tod Hermanns gewesen sein (zwischen 1209 und 1217) oder auch noch danach, als er seine Arbeit offenbar abbrach.

Die häufig mit kostbaren Buchmalereien versehenen *Willehalm*-Handschriften gelten neben den *Parzival*-Handschriften als die mit am besten überlieferten Texte der mittelhochdeutschen Erzählliteratur. Häufig findet man den *Willehalm* zusammen mit Ulrichs von dem Türlin *Arabel* (in der 2. Hälfte des 13. Jahrhunderts als Vorgeschichte geschrieben) und Ulrichs von Türheim *Rennewart* (um 1240 als Weiterführung der Geschichte geschrieben) verbunden, in einer sogenannten »Zyklenbildung«.

3. **Vorlage des** *Willehalm* ist eine altfranzösische Chanson de Geste, *La Bataille d'Aliscans*, die Ende des 12. Jahrhunderts entstanden sein soll. Diese Dichtung ist Teil eines großen Epenzyklus, der von dem Grafen Guillaume d'Orange und seiner Familie erzählt, der Anfang des 12. Jahrhunderts entstandenen *Chanson de Guillaume* (Wilhelmslied). Die Figur des Helden Guillaume d'Orange geht auf den 1066 heilig gesprochenen Wilhelm von Aquitanien (* um 754; † 28. Mai 812) zurück, den Grafen von Toulouse und Herzog von Aquitanien, der auch als Vetter Karls des Großen gilt.

Wie sein literarisches Pendant kämpfte der historische Wilhelm im Auftrag Karls des Großen gegen die Sarazenen (Niederlage am Fluss Aude 793) und im Auftrag Ludwig des Frommen in der »Spanischen Mark« gegen die Mauren (erfolgreiche Belagerung Barcelonas 801) und trug wie er den Beinamen »Guillaume au Court Nez«, also Wilhelm Kurznase – ein Name, der sich ursprünglich auf dessen krumme, große Nase bezogen haben soll. Eine seiner beiden Ehefrauen soll ebenfalls den Namen Guiburc/Guitburge getragen haben. Wilhelm von Aquitanien gründete 804 in Gellone ein Kloster (heute Saint-Guilhem-le-Désert), in das er selbst als Laienbruder eintrat und wo er auch starb. Er gilt auch als Schutzheiliger der

Waffenschmiede und der Ritter.

4. **Landgraf Hermann I. von Thüringen** (* 1190; † 1217) war einer der mächtigsten Reichsfürsten und der bedeutendste Förderer der deutschen Literatur seiner Zeit. Wolfram verfasste für ihn auch Teile des *Parzival*, und wahrscheinlich die ebenfalls berühmten *Titurel*-Fragmente.

5. **Für das bessere Leseverständnis** bleiben die meisten Länder der Könige in dieser Erzählung unerwähnt, der Interessierte findet sie aber allesamt im Namensverzeichnis aufgelistet.

6. Der Willehalm ist nicht nur als großes Ritterepos, sondern auch als geistig erbauliche **Heiligenlegende** angelegt: für Wolfram und seine Zeit haben der Held Willehalm und seine ebenso heldenhaft und selbstbewusst agierende Giburg den Status von Heiligen, ebenso wie Willehalms historisches Vorbild Wilhelm von Aquitanien, der Graf Guillaume d'Orange, als Heiliger verehrt wurde.

7. Im Gegensatz zur glücklich endenden altfranzösischen Vorlage, in der Rennewart zum Schlachtfeld zurückkehrt und am Schluss seine geliebte Prinzessin Alice heiratet.

Personen

Die christlichen Franzosen und ihre Verbündeten

Alice	*Prinzessin, die Tochter des Königs Louis und der Königin*
Bernhard	*Herzog von Brubant, Bruder Willehalms, Vater des Pfalzgrafen Bertram*
Bertram	*Pfalzgraf, Sohn Bernhards von Brubant, Neffe Willehalms, Gefangener Terramers*
Bertram	*Herr von Berbester, Bruder Willehalms*
Buove	*Landgraf von Commercy, Bruder Willehalms, Onkel von Alice*
Ernalt	*Graf von Gironde, Bruder Willehalms*
Gandaluß	*Graf von Champagne*
Gaudin	*Graf, Neffe Willehalms, Gefangener Terramers*
Gerhard	*Graf von Blaye, Bruder Witscharts und Samsons, Neffe Willehalms, Gefangener Terramers*
Giblin	*Graf, Neffe Willehalms, Gefangener Terramers*
Gibert	*Bruder Willehalms*
Giburg	*Arabels Name nach ihrer Taufe und Heirat mit Willehalm*
Heimrich	*Graf und Fürst von Narbonne, Mann Irmscharts von Pavia, Vater Willehalms und seiner sechs Brüder, Schwiegervater des Königs Louis*
Heimrich	*genannt »der Schetis«, jüngster Bruder Willehalms*
Hunas	*Graf von Saintes, Neffe Willehalms, Gefangener Terramers*
Huwes	*Graf von Mailand, Neffe Willehalms, Gefangener Terramers*
Irmschart	*Fürstin aus Pavia, Frau Heimrichs von Narbonne, Mutter Willehalms und seiner anderen Brüder, sowie der Königin von Frankreich, Schwiegermutter des Königs Louis*
Karl	*römischer Kaiser (historisch ebenso fränkischer König), Karl der Große, auch Karl I.*
Kiun	*Burggraf von Beauvais*
Königin	*(namenlose) Königin der Franzosen, Frau des Königs Louis, Schwester Willehalms*

Louis   *Sohn und Nachfolger Kaiser Karls, König der Franzosen (historisch als fränkischer König und Kaiser »Ludwig der Fromme« bekannt)*

Mile   *Neffe Willehalms*

Milon   *Graf von Nevers*

Rennewart   *Sohn Terramers und Bruder Arabels/Giburgs, Küchenjunge am französischen Hof und später Willehalms Knappe*

Samson   *Graf von Blaye, Neffe Willehalms, Gefangener Terramers*

Scherins   *Herr von Pontarlier, Ritter am Hof König Louis*

Schetis   *der, siehe »Heimrich«*

Schilbert   *König von Tandarnas*

Stefan   *Kaplan/Geistlicher Willehalms*

Vivianz   *Sohn der französischen Königin, Enkel Heimrichs von Narbonne, Willehalms Neffe, Giburgs Ziehsohn (historisch Graf Vivien von Tours, der unter Karl dem Kahlen kämpfte, einem Sohn Ludwigs des Frommen)*

Willehalm   *Markgraf von Orange und der Provénce, Willehalm »au court nez«, mit der kurzen Nase, Sohn Graf Heimrichs von Narbonne und Irmscharts von Pavia, zweiter Mann Arabels/Giburgs, Bruder von Bertram, Buove, Heimrich dem Schetis, Ernalt, Bernhard, Gibert und der französischen Königin, Vasall Karls des Großen und später seines Nachfolgers König Louis (historisch der heilig gesprochene Wilhelm von Aquitanien)*

Wimar   *Ritterlicher Kaufmann in Laon*

Witschart   *Graf von Blaye, Bruder Gerhards und Samsons, Neffe Willehalms, Gefangener Terramers*

Die muslimischen Sarazenen
und ihre Verbündeten

Akarin *König von Marrakesch*

Arabel *Giburgs Geburtsname, Tochter Terramers, Schwester Renne-*
warts, in erster Ehe mit Tibalt verheiratet

Arofel *König von Persien, Bruder Terramers, Giburgs Onkel, stammt*
aus Samarkand

Aropatin *König von Ganfassashe*

Aukin *König von Raabs, Vater des Poidwiß*

Baligan *Ehemaliges Oberhaupt der Sarazenen, Onkel Terramers (un-*
terlegener Gegner Karls des Großen in der Chanson de Roland/
Rolandslied, König von Babylon)

Ector *König von Salemie, Fahnenträger Terramers in der 2. Schlacht*

Emereiß *König von Todjerne und Arabi, Arabels und Tybalts Sohn*

Fabors *König von Mekka, einer der zehn Söhne Terramers, Giburgs*
Bruder

Giboiß *Burggraf (Châtelain) von Kler, Späher Terramers und Fahnen-*
träger Tibalts in der 2. Schlacht

Gorhant *König vom (Fluss) Ganges in Indien, Führer der »Hornleute«*

Halzebier *König von Valfundé, Verwandter Terramers, Bruder der Mut-*
ter Sinaguns

Josweiß *König von Ametiste (und Hippipotiticun und Agremuntin),*
Sohn des weißen Fürsten Matusales und einer Afrikanerin aus
Jetakranc

Kanliun *König von Lanzesardin, erster Sohn Terramers, Giburgs Bruder*

Kliboris *König von Tananarke*

Margot *König von Bossidant und Orkeise, Verwandter des Terramer*

Marlanz *König von Jerikop*

Matribleiß *König von Skandinavien (und Grönland und Gaheviez), Ver-*
wandter Giburgs

Naupatris *König von Oraste Gentesin*

Paufameiß *König von Ingulie*

Pinel *König von Assim, ein Neffe Halzebiers*

Poidjus *König von Griffane (und Oriende, Tasmé, Triande, und dem Hindukusch), Enkel Terramers*

Poidwiß *König von Raabs, Sohn Aukins, Neffe Terramers*

Purrel *König von Nubiant, Baligans Schwiegersohn*

Sinagun *König von Bailie, Neffe Halzebiers, Vetter Giburgs*

Tenebruns *König von Liwes Nugruns*

Terramer *Kaiser und Kalifen-ähnlicher Großkönig/Admirat und Schutzherr von Bagdad, König von Córdoba (und Gorgozane, Aleppo, Lumpin, Muntespir, Poie, Semblie, Suntin, Tenabri), Nachfolger seines von Karl dem Großen besiegten Onkels Baligan, Arabels/Giburgs Vater, Rennewarts und weiterer Kinder, darunter mindestens zehn Söhne, Bruder Arofels*

Tesereiß *König von Kolonje, (und Grikulanje, Latrisete, Sizilien, Sotters/Syrien), Terramers Neffe, stammt aus Palermo*

Tibalt *König von Arabien (und Todjerne, Kler und Sybilje), Arabels/Giburgs erster Ehemann, Vater des Emereiß*

Zernubilé *König von Ammirafel*

Begriffe

Alischanz	*Fiktiver Schauplatz der beiden großen Schlachten im Mündungsgebiet der Rhone. Das französische »Les Alyscamps« ist der Name eines großen spätantiken Gräberfeldes, das sich am Rand der südfranzösischen Stadt Arles befindet. Dort fand nach* Willehalm *auch das sogenannte »Sargwunder« statt, das Teil einer Legendentradition ist, die offenbar an die noch heute zu sehenden Steinsärge des spätantiken Gräberfeldes »Les Alyscamps« bei Arles anknüpft.*
Amor	*Römischer Gott der Liebe*
Brahane	*Terramers Pferd*
Emir	*Ein Emir konnte ein Fürst, Prinz, Gouverneur oder Befehlshaber sein, der eine muslimische Soldatentruppe anführt. Mit zunehmender Macht herrschten später einige Emire mehr oder weniger souverän (Emirat), strebten aber meist eine Anerkennung durch den Kalifen an, als der Terramer im* Willehalm *gelten kann. Auch andere sarazenische Fürstentitel werden erwähnt, zum Beispiel Almansure oder Eskelire.*
Franzosen	*In der* Willehalm*-Forschung gelten die Begriffe »Franzosen« und »Franzosenland/Land der Franzosen« als nicht eindeutig geklärt. In der ersten Schlacht kämpft* Willehalm *offenbar vor allem als Provenzale mit seinen Landsleuten gegen die Sarazenen, in der zweiten Schlacht stehen sie u. a. an der Seite von König Louis' »römischen« Franzosen. Dennoch erscheinen* Willehalm *– als Louis' Lehnsmann – und seine provenzalischen Gefolgsleute als Franzosen wie sie. König Louis' Vater, Kaiser Karl, wird im* Willehalm *als legitimer Nachfolger des alten Römischen Reiches gesehen, so wie das Fränkische Reich als Nachfolgereich des Römischen Reiches verstanden wurde. Zur Zeit des historischen Ludwig des Frommen existierte jedoch noch kein eindeutiges »Land der Franzosen«, sondern dieses entwickelte sich erst nach dessen Tod, also nach der Aufteilung des Fränkischen Reiches durch dessen Nachfolger. Aus dem westfränkischen Teil entstand demnach das frühe »Frankreich« im Sinne eines »Reichs der Franken«, im ostfränkischen Teil konnte sich der römische Gedanke später noch im Namen »Heiliges Römisches Reich« erhalten.*
Laon	*Stadt bzw. Pfalz des Königs Louis im Nordosten Frankreichs*
Larkant	*Fluss, der das Schlachtfeld von Alischanz teilt*

Markus-republik	*Die Republik Venedig (italien. Serenissima Repubblica di San Marco ›Erlauchteste Republik des Heiligen Markus‹), benannt nach dem Wahrzeichen der Lagunenstadt, dem Markuslöwen, war eine berühmte See-, Wirtschafts-, und spätere Kolonialmacht, deren lange Geschichte im 7./8. Jahrhundert begann, und mit ihrem Fall im Jahr 1797 endete.*
Mohammed, Tervagant und Apoll	*sind das fiktive Göttertrio, das in Wolframs* Willehalm *am häufigsten Erwähnung findet. Selten wird auch noch* »Kahun« *als weiterer Gott erwähnt. Im Mittelalter glaubte man, dass Mohammed von den Heiden als Gott verehrt wird. An seiner Existenz und an die der anderen Götter Apoll (ursprünglich hoher olympischer Gott der Griechen und Römer) oder Tervagant (dessen Name und Herkunft unklar ist) zweifelte man nicht, sondern fasste sie als Dämonen, als real existierende Ausgeburten des Teufels auf. Die historischen Sarazenen waren jedoch bereits Muslime und damit Mohammed ihr Prophet, nicht ihr Gott.*
Munschoi	*Schlachtruf (auch* »Feldgeschrei« *genannt) der Franzosen, den Willehalm von Karl dem Großen geerbt hat, und der im französischen Heer auch tatsächlich verwendet wurde (franz. Monjoie). In der lateinischen Form erscheint er als* »Meum Gaudium«, »meine Freude«. *Von ihm wurde offenbar auch der Name des Schwertes* »Schoiuse« *abgeleitet, oder von* »Joiuse« *(von franz. joie,* »Freude«*). Als* »Gaudiosa« *wurde der Name 1271 auf das französische Staatsschwert übertragen.*
Orange	*Residenz des Markgrafen Willehalm, Stadt in der Provence mit einem bereits im frühen Mittelalter zur Festung umgebauten römischen Amphitheater, dem zentralen Schauplatz des Wilhelmszyklus*
Orléans	*Residenz des Grafen Ernalt von Gironde, Stadt in Mittelfrankreich*
Prezjose	*Schwert Baligans*
Pussat	*Willehalms erstes Pferd*

Sarazenen	*Der* Willehalm *knüpft an die historischen Kämpfe der Franken gegen die spanischen Sarazenen im 8. und 9. Jahrhundert an. Im weitesten Sinn werden unter dem Begriff »Sarazenen« alle arabischen Stämme (Wüstennomaden) verstanden, die im Mittelalter den heutigen europäischen Mittelmeerraum zu erobern suchten.*
Schoiuse	*Schwert Willehalms. Im den europäischen Heldensagen steht dem Held meist ein treues, »magisches« Schwert zur Seite, das einen eigenen Namen besitzt, zum Beispiel auch im altfranzösischen* Rolandslied. *(Namensbedeutung des Schwertes »Schoiuse« s.a. »Munschoi«)*
Turkopolen	*Turkopolen (von gr. Turkopouloi – Söhne der Türken) waren eine leichte Kavallerie, die im Nahen Osten während der Zeit der Kreuzzüge besonders durch die Franken als Hilfstruppen eingesetzt wurde. Zu Beginn wurden sie aus der einheimischen christlichen Bevölkerung rekrutiert, wenigstens ein Elternteil musste dabei christlich sein. Diese Regelung wurde in späteren Jahren aber zunehmend aufgegeben.*
Volatin	*Arofels, später Willehalms Pferd*

rethink
verlag

Die Aufrichtigen

von Leonard Bergh

Der umstrittene Kirchenkritiker Professor Spohr wird tot in seinem Arbeitszimmer gefunden. Die Aufklärung des Verbrechens
beschreibt die vergebliche Suche nach dem wahren Glauben. Ein
Labyrinth aus Lüge, Fälschung und Verrat – Vergangenheit und
Gegenwart der katholischen Kirche.

erschienen bei rethink – ISBN 978-3-9815024-11

Ein weiterer Roman von Leonard Bergh

Die Geliebte

Im Liebesurlaub in der Schweiz findet Sophie eine Wasserleiche in Viewaldstätter See. Es ist der Hirnforscher Dr. Neunhaus. Er erforschte die Physiologie der Liebe, um dem Geheimnis des Verliebtseins auf die Spur zu kommen. Um dieses Hochgefühl zu verewigen, inszenierte er regelmäßig sexuelle Begegnungen im mondänen Parkhotel Vitznau. Kurz darauf wird der skrupellose Rechtsanwalt Dr. Albertz wegen Mordes an seiner reichen Mandantin verhaftet, die bei einer undurchsichtigen Transaktion Schwarzgeld in Höhe von 10 Millionen Euro verloren hat. Ein Abgrund aus Geld, Sex, Verrat tut sich auf.

Sind die großen Gefühle nur Schein? Die Liebe selbst wird zur gefährlichsten Macht.

erschienen bei rethink – ISBN 978-9815024-04

rethink
verlag

Copyright by
rethink verlag gmbh & co kg
alle Rechte vorbehalten
1. Auflage Friedberg, 2015

www.rethinkverlag.de

Gesetzt in Fabiol (Innenteil) · Complex (Umschlag)
Gestaltung freudigerregt.de
Lektorat Sonja Thränert · Fotografie der Autorin Saskia Wehler

ISBN 978-3-9815024-66

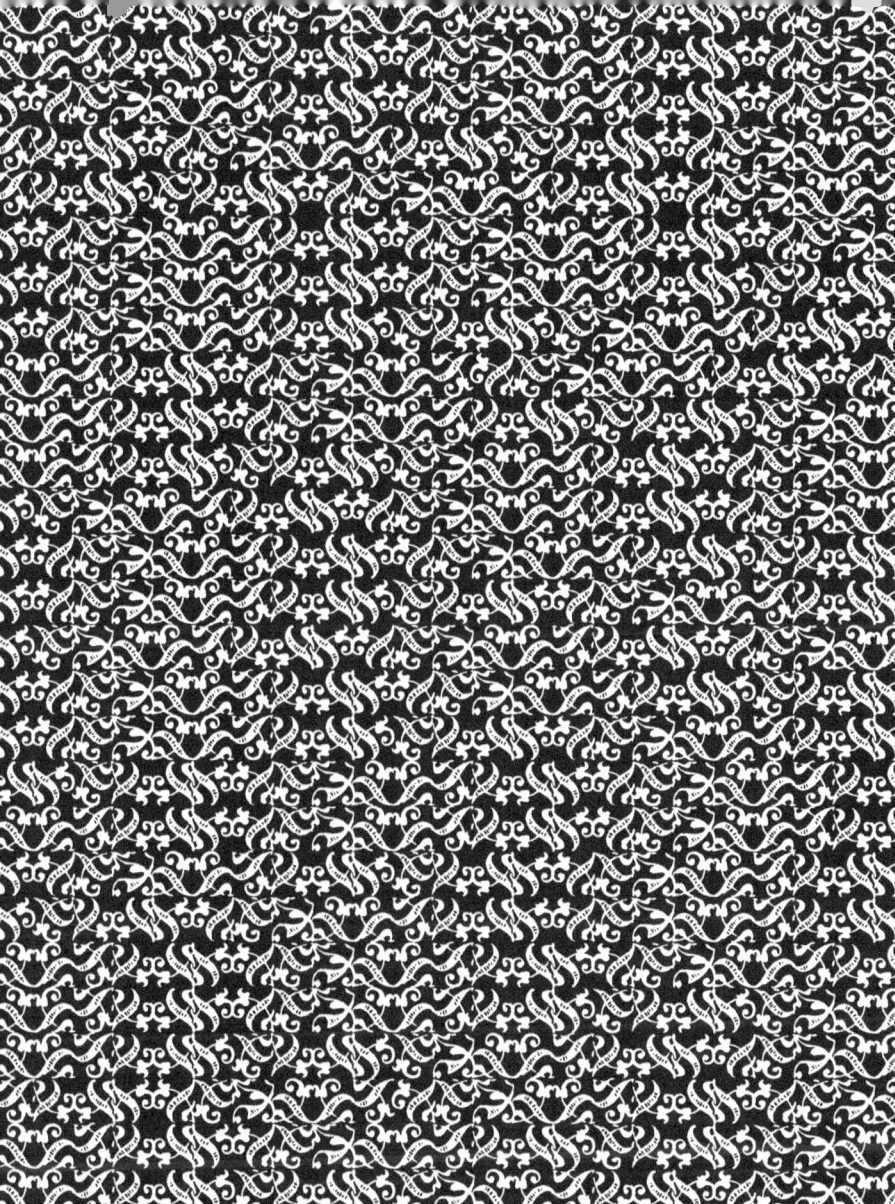

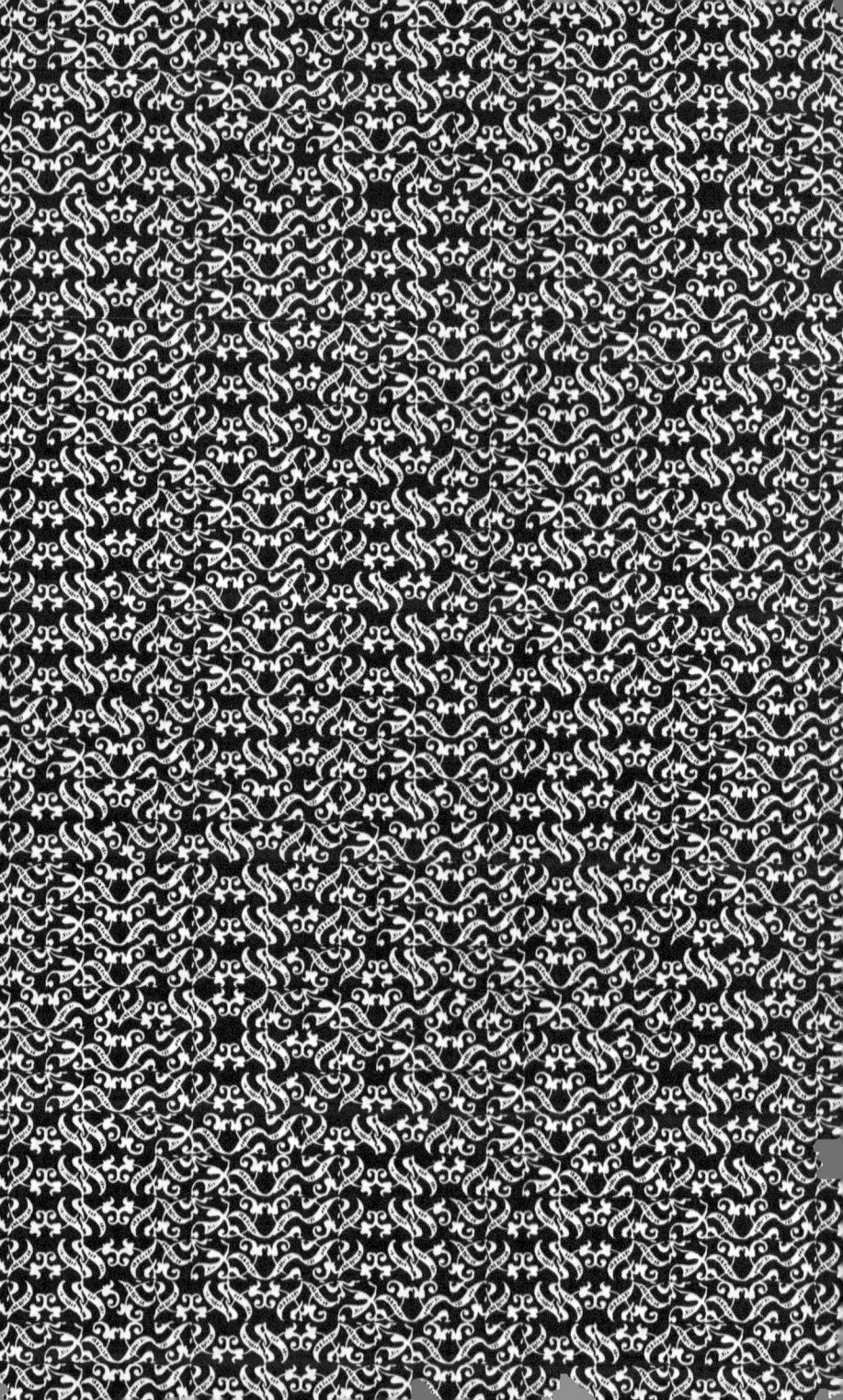

www.ingramcontent.com/pod-product-compliance
Lightning Source LLC
Chambersburg PA
CBHW020643260626
47157CB00008B/2888